ゴリンちゃん

ゴリンちゃん

２０２1年東京オリンピック開会式の頃『ゴリン』になった。

それまでは『つるぴか』だったので喜ばしい出来事である。

3月に乳癌が発覚し、４月から３か月間の抗がん剤治療を終えて１か月が過ぎていた。

その結果、幸運にも抗がん剤が効いたおかげで腫瘍は消えた。画像上では腫瘍は消えたけれど手術は必要だった。ほんの一部の切除で済み傷口は残ったものの以前とほぼ同じ乳房も残った。

「乳癌にはならない」という根拠のない自信のせいで、がん検診と癌保険をスルーしていた事への後悔も残った。

8月で56歳になり物忘れが顕著になってきたので、この数か月の出来事を記録に残すことにした。『つるぴか』と『ゴリンちゃん』は子供たちがそれぞれ

文芸社セレクション

ゴリンちゃん

修行は続く…

おい田 ともこ

OIDA Tomoko

文芸社

目次

私に付けた呼び名で、結構気に入っていた。髪の毛がなくなるという恐怖体験もクスッと笑えたし、将来尼さんになるのもありかなと思ったくらい坊主頭もさまになっていた。

抗がん剤により腫瘍が消えた一つの例として参考にしてもらえると嬉しいです。

しこり

40歳から本格的にランニングを始めた。家族で公園に遊びに行った時に「駅伝大会に出てみませんか」と声をかけられた事がきっかけだ。見知らぬ初老の男性に声をかけられた時はびっくりしたのだが、私の走りを見て「なかなかいい走りだ」と褒めてもらい気をよくしたのだ。帽子を被って、Tシャツに短パン姿のその人は、この公園に来るランナーを集めて作ったランニングチームの監督だった。怪しい人ではなさそうだったので、チームに入れてもらうことにした。まだまだランニングブームの到来前で、公園を走っている人は少なく、私に白羽の矢が立った。駅伝に出るために女性ランナーを探していたのだ。私はもともと身体を動かすことが好きで、スポーツクラブにも通っていた。中学時代はバスケ部、高校時代は硬式テニス部だったので陸上のことはよく分からなかったが、スポーツ好きが高じて抵抗なくチームの方々と仲良くなった。平日練習ができる主婦の私は、監督と一緒に練習する事が多く、陸上の事、駅伝の話など教えてもらった。チームのみんなの会話も、「サブスリー」、「サブフォー」など初めは何のことかさっぱり分からなかったが、監督のお陰でみんなの会話についていけるようになった。

練習を始めて半年経った頃に初めて横浜マラソン10㎞の部に出場した。その当時の横浜マラソンは、ハーフの部と10㎞の部しかなかった。結果、40代女子の部で2位という好成績を残した。思いがけずメダルと賞状を頂いた。この年齢で表彰されるとは思っていなかったので、きつかった練習を一緒にしてくれた監督に感謝した。42分台だったと思うが、その後この記録を更新することはなかった。それからも練習を続けていたが、足首、膝と次々痛みが出て思うような練習もできなくなっていった。それでもトレランや５㎞の部など、年代別の部で何度も表彰台に上がることができた。

２０２０年12月、ボロボロの膝をかかえた主婦ランナーの私は公園を走りながら左胸の上部のしこりを触って『しこりちゃん』と名前を付けた。

私は、この小さなしこりを発見した時、筋の炎症だと考えていたのですぐに消えてしまうと思っていた。が、なかなか居なくならない上に成長までしてきた。

さすがに周りの人にしこりの話をし始めた。２月に入った頃だった。スポーツクラブの友達は
「昔腫瘍が出来たけど乳腺炎で簡単な処置で済んだよ」

と言ってくれた。私自身も20代の頃乳腺炎でうずらの卵位の腫瘍が出来た事があったが、自然に無くなってしまった事を思い出した。

しばらくして何度となく食卓で胸を撫でる私を見て、子供たちに気になるなら病院に行くよう言われた。よくランチに行く友達にも
「大丈夫だと思うけど念のため行っとけば安心だよ」

と言われ、近所の産婦人科を探して行くことにした。

その頃は右手が左胸のしこりを撫でる習慣が定着していた。私の中の『しこりちゃん』は、目の付いた真っ白のスーパーボールのイメージだったので、ついつい手でさすって可愛がっていた。そのおかげで大きくなってきた事に気づいたわけだが、まさか『しこりちゃん』が真っ黒で吊り上がった目を持っていたとは考えもしなかった。

乳腺外科

近所の産婦人科を受診したのは2月26日、エコー検査の予約をした。

3月9日エコー検査を受けた結果先生から言われたことは、早く乳腺外科に行った方がいいということ。乳腺外科？　と怪訝な私に、乳癌は産婦人科ではないと教えてくれた。

大きな病院だと検査に時間がかかるので近くの乳腺外科に紹介状を書いてく

れた。

「ぼくの師匠の先生だから」

と親しげに話してくれたので少し安心した。

3月12日初めて乳腺外科を受診、エコー検査、マンモグラフィー、細胞検査で針生検などを行った。最寄り駅から3つ目の駅前という通院に便利な場所、しかも予約をしない方針の先生で、せっかちな私にぴったりだったと後々感謝することになる。結果は1週間位で出るので電話しますと言われ帰ってきた。

告知

3月17日、初めて乳腺外科を受診して5日目になる。出先から帰宅すると娘に病院から電話があったと言われた。慌てて折り返し電話をして検査結果を聞きに行くことにした。1週間経ってなかったので思いがけず早く結果が分かる事に、「心配事が一つ片付く」とほっとする気持ちしかなく、すっ飛んでクリニックへ向かった。

診察室でまず言われたのは「残念ながら悪性だった…」ということ。

「マジですか…」

とつい言ってしまった、何かの間違いではないかと呆然…

まだ詳しい細胞検査には時間がかかるけど悪性なのは間違いないので早急に知らせてくれたとのことだ。

全く予期してなかった結果にどうしていいか分からず、先生にこの先どうなるのか質問攻めをして、とりあえずＰＥＴとＭＲＩ検査の予約をお願いした。

検査は別のクリニックで行うとのこと、３月23日に予約が取れた。

「この結果が３～４日かかるから、前の細胞検査の結果と一緒に聞きに来て」

と言われ、また電話を待つことになる。看護婦さんにこの先どうなるか聞いても、まずは検査の結果が出てから先生からお話があるからと教えてもらえず、

「死なないから大丈夫よ」

と明るく言われ、何だか自分のこととは思えず他人事のようだった。

クリニックを出てすぐに携帯で娘に伝えた。

誰かに言わずにはいられなかった。家に帰り主人に電話をした。

家　族

こんな時は子供に黙っておくものなのか…帰りの電車で考えたが、小学生ならまだしも娘2人は22歳と23歳なのでまあいいかと思った。主人は57歳で、昨年3月に早期退職をし、地方に住む両親の介護のため実家のそばに移り住んでいた。介護離職に伴う別居生活も一年が経とうとしていた。

とにかく家族全員びっくりの結果である。なにしろ元気にランニングやスポーツジムに通っていた人間が病気なわけで、症状がしこり以外何もないからどうしていいかみんな分からない状況だった。

主人は電話で

「早く切ってしまった方がいい」

と言った。私全摘されちゃうのか…と少し悲しくなった。幸い？　貧乳だったので切っても大して変わらないし、まあこの先誰に見せるわけでもないししょうがないと思った。

数年前に乳癌になったランナー友達は全摘手術の後あっという間に復帰していた、40代でまだ若かったし体力もあったのだと思う。ただ左右のバランスが悪くて走りづらいと言っていたのを思い出した。

子供たちは3月19日と3月25日にそれぞれ大学の卒業式を控えていたのに、悪い知らせのおかげでせっかくの祝い事がかすれてしまい申し訳なかった。

私の母親にはもう少し治療の事がはっきりしてから伝えることにした。

治療方針

3月23日にPETとMRI検査をして2日後の夜主治医から電話があった。

検査結果がすべて揃ったので大体の内容を簡単に説明してくれた。

私の乳癌は成長が早く、手術するなら全摘になる大きさ。腫瘍は2・5～3

センチ、リンパ転移もなく、全身転移もなかった。

先生は手術の前に抗がん剤で癌を小さくしてから手術をした方が全摘ではなく部分切除で済むと言い、ただ抗がん剤は髪が抜けるということを先に伝えてくれた。今まで見てきた乳癌の中でも私のタイプは抗がん剤の効果が非常にいらしく、まず抗がん剤治療をするよう勧められた。抗がん剤治療は入院するものかと思っていたが、通院治療の上に日常生活にほとんど支障がないと聞いて気が楽になった。

「明日の朝一番で話を聞きに行きます」

と、居ても立ってても居られない口調で詳しい内容を聞きに行くと言うと、

「9時から診察のクリニックだが8時半に来てもいいよ」

と言ってくれた。予約ができないので助かった。

いきなり診察室で説明を受けるより、ワンクッション置くことで考える時間を与えてくれてありがたかった。すぐに主人に電話をして相談した。やはり全摘が避けられるなら先ずは抗がん剤治療をすることに決めた。

翌日、3月26日に診察室で言われた事は、私の乳癌はトリプルネガティブの

ステージⅡBに該当するということ。

細胞分裂が早いタイプであること。

悪性度はそれほど強くないこと。

リンパ節には転移の疑いはあったけど、転移していないだろうということ。

等々、ざっくり説明を受けた後でトリプルネガティブには抗がん剤しか効かないと言われ、逆に「抗がん剤以外の薬があるんかい？」と思うほど「癌といえば抗がん剤」位の知識しかなかった。元気のいい癌なので早く治療を始めた方がいいと言われた。セカンドオピニオンも出来ると言われたのだが、先生を信じてすぐに治療をお願いすることにした。

そのクリニックでは、抗がん剤治療が行なわれる日は火曜日と金曜日と決まっていた。フルタイム勤務の人は金曜に来院が多いと聞き、パートタイムの私は火曜日に通院することにした。一番早くて3月30日の火曜からスタート出来たのだが、家族の事を考え4月の6日から始める事にした。3月17日に癌と告知され3週間後になる。

4月1日は、主人の再就職初日、長女の入社初日、次女に至っては乗船実習に出発する日だった。抗がん剤の副作用は、脱毛以外は個人差があるが、ほとんどの人は日常生活に支障がないと聞いていたけれど念のため一週間遅らせた。

この速さで治療を始められる人は中々いないらしく、検査がスムーズに出来た事、先生が結果をすぐに知らせてくれたこと、あまり深く考えず早く治す事しか頭になかった私の決断が重なったのだと思った。

帰り際に看護婦さんに抗がん剤治療専用の部屋を見せてもらい説明を受けた。やはり髪の毛のことが気になり、何人かの看護婦さんに脱毛に例外がないのか聞いてみたが、「個人差はあるけど」とやんわり言う方もいたが、「脱毛に例外なし」と最後にハッキリ言われた。一筋の希望が消えた。

カツラ

3月12日に初めて乳腺外科を訪れて、17日に告知され、26日に検査結果の説明と今後の治療の説明を受け、その場で抗がん剤治療の開始日を決めてしまった。3回の受診で決めてしまっていいのかという不安も若干あったが、先生の明るく気さくな人格が私を安心させてくれたのは間違いない。

治療開始日を決めた翌日に主人が再就職の準備のために帰ってきた。主人は早期退職後、のんびりと就活をしていたが、地方故になかなか思うような仕事は見つからなかった。私の癌が見つかったことも再就職先を決めるきっかけになったのかもしれない。デスクワークだった主人は警備会社で警備の仕事に就くことになった。

主人の滞在は短かったが、一緒にカツラを探しに出かける事ができた。一日かけて、4店舗ほど回って、話を聞いてパンフレットをもらって帰ってきた。どこの店も大体同じ価格設定で、10万~20万円台でピンキリだった。家でネット検索もしてみると5000円の破格のカツラを発見。試しにショートとセミロングを主人に注文してもらった。セミロングは入荷待ちだった。

髪の毛が抜け始めるのは抗がん剤治療開始から2週間後と聞いていたのでまだ時間はあったため、安いカツラでどんな感じか試すことにした。

元気なうちにと2人で宮下パークから代官山、中目黒と散歩した。途中で帽子屋を見つけてニット帽と黒のつばの大きい帽子を買ってもらった。とても重宝した。

　コロナ禍で高齢の両親と接する主人は、県外に出るとしばらく義父母達と接する事ができなくなる状況だった。行ったり来たりは難しいので今回の帰省は貴重で、助かった。次に主人と会うのは手術前日となってしまう。

　結局カツラは近所のイオンの中のテナント店で買うことに決めた。デパートの中の店も良かったがイオンの方が普段着のままチャリで行けるし、お店の方が気さくな感じだったのが気に入った。病人が気取ってもしょうがないし（笑）

抗がん剤治療1クール

　4月6日治療が始まる。前日にエコー検査を行い、薬局で吐気止めをもらってきた。抗がん剤治療初日は、前日もらった吐気止めを昼に飲んでからクリニックへ出かけた。抗がん剤治療専用の診察室で先生が点滴の針を左の手の甲の真ん中の一番太い血管に刺した。私の乳癌は左側だったので、分かりやすく左手にした。抗がん剤を使った方の腕は、今後別の点滴をする際使えないとのことだった。そのあと向かいの部屋で4人一緒に点滴が終わるまで待つことになった。私以外はカツラと帽子姿で皆さん慣れた様子で椅子に座っていた。新入りの私は皆さんに挨拶し、点滴の間30分位だが色んな話をした。貴重な情報収集の時間になった。40代の方は来週手術で今日が最後の点滴と言っていた。その方は数日前にリンパの検査をしていて、その結果次第で切除範囲が変わると話してくれた。今日結果が出て、幸いリンパには異常なく手術に臨めることになったと喜んでいた。あとの2人の方は再発のようで長引いている感じだった。皆さん不安そうな私を励ましてくれた。

帰りに薬局でこっそり吐気止めをもらって帰ってきた。

昨晩はろくに眠れなかったので夕食の後爆睡する。

4月7日、朝やや頭が重い感じ、食欲はないが吐気もないので食事をいつもの半分くらい食べる。何とかパートに行くが具合が悪くなり早めに帰って来る。新しい人が見つかるまで続けたかったけど不安なので辞めさせてもらう事にした。早朝のパートだったので朝ゆっくり寝ていられると思うだけで気が楽になった。風呂の後顔がほてっているのが分かる。

4月8日、朝もほてりが続くがまずまず具合は良い。食事も普通に食べられた。

午前中、友達が髪をカットしてくれる。彼女は若い頃美容師をしていたので、自前の道具を持って家に来てくれた。とりあえず耳が出る位のショートカットにしてもらった。午後は庭掃除をしながらお向かいの奥さんと乳癌になった話をする。これからカツラ生活が長くなるし、普段通りの生活をするのだから周りの人には乳癌になった事を伝えることにした。聞かされる方が困ってしまう事もあるが、そこは勘弁してもらった。夕方ゴロゴロしていたらむかむかしてきたので動いていた方がいいのかなあと思った。夜になると顔がほてり、11時に寝るが2時間おきに起きることになる。喉が渇き、口がカラカラで水を飲みトイレに行き、頭を冷やすことにする。

4月9日、朝からしっかり食事をとり、チャリで買い物に行く。途中で自治会長に会い乳癌の話をすると、ドトールでコーヒーをごちそうしてくれた。自治会の役を色々引き受けている関係で長いお付き合いをしている女性で、80歳を過ぎているがお元気で、私の事も何かと気にかけてくれる人格者である。話を聞いてもらい気持ちが整理できた気がした。夜は昨晩同様何度も起きる。

4月10日、イオンでカツラを作る。ネットで買ったカツラはやや不自然でリカちゃん人形みたいなので、12万位の人毛半分のカツラを買うことにする。すごく自然だし、乳癌だと言うと2割引きにしてくれた。

身体の変化としては、抗がん剤の点滴は真っ赤なので、しばらく尿がピンク色になる。5日経ってようやく尿の赤みがなくなったのだが便秘がずっと続いている。

4月11日、カツラを付けて出かけてみる。2時間位で頭が痛くなる。カツラの下に被ったネットのゴムが食い込んでいて、途中デパートのトイレで外して休憩して帰る羽目に。

4月12日、体調は心配していたわりに何事もなく元気、カツラで友達とコメダ珈琲、ガストとはしごする。この日はカツラの下にストッキング素材の帽子を付けて試すと意外と平気で6時間カツラを被っていられた。

4月13日、カツラを少し直してもらうため30分かけて歩いてイオンに行く。やっと便秘が治ってきた感じがする。この一週間抗がん剤翌日以外は家でのんびりしていたこともあり、ほぼ普段通りに過ごせた。

4月15、16日、新しいパートに行く。この日のためにカツラを急いで作り、長時間の装着練習をしていた。初めての職場にはこの先ハゲてしまう事を見越して、髪が抜ける前だったが最初からカツラで行くと決めていた。面接をして

から一か月経っていたので、面接官だったチーフに乳癌になってカツラだと伝えると、

「新しい仕事で髪型に気合が入っていると思った」

と言われた。確かに、直毛だったのにウエーブのかかったマダム風の髪型になったわけで、その姿は藤原紀香っぽいと勝手に思っていた。この2日間にパートはこれといった仕事もなく楽だったけれど、2日目の夜はさすがに気疲れしたのか頭痛が酷く、頭を冷やして寝るが頭痛は翌朝まで続いてしまう。

4月18日、抗がん剤から12日が経つ。以前から体調が悪くなると歯が痛くなる傾向があったので案の定頭痛と共に歯が痛くなり口内炎も出来た。看護婦さんに、抗がん剤投与後の2週間前後は免疫力が下がるので気を付けてと言われていたので納得。具合が悪くなるのもショックだし、髪の毛も引っ張ると少しだが抜けるようになったのもショックだった。この日から脱毛が始まる。

4月19日、相変わらず歯が痛く、歯茎の口内炎も治らず朝起きる。2回目の

抗がん剤治療の1週間前に当たる火曜日なので採血しにクリニックへ出かける。採血は通常は1回だが、抗がん剤初回に限り火曜、金曜、前日の月曜と3回受ける事になっている。白血球の状態を見るらしい。

特に変わったことはなかったけれど口内炎の薬だけもらって帰る。気晴らしに駅前のスタバでティラミスフラペチーノを飲み、ショッピングモールへよる。スカートと娘にサーモスの水筒を買う。夜髪の毛が大量に抜ける。

4月21日、頭は悲惨な状態になったので、友達に更に短くカットしてもらう。まだらに抜けているので、バリカンで刈り上げてもらう。後ろの方の髪がけっこう残っていた。そのあとカツラを付けて友達と一緒に近くのパスタ屋でランチをする。病人に付き合ってくれホントに有難い。

4月22日、夜中にトイレに起きず、喉も渇かない。抗がん剤が抜けたのか？娘からプレゼントの医療用帽子が届く。昨日残っていた毛もどんどん抜ける。一日中帽子が必要になる。

面白いように引っ張ると髪が抜けるので、床に落ちるくらいならと鏡を見ながら抜いてみる。力は全くいらなくて、触ると抜ける感覚。髪の毛が1センチ位なので、磁石についた砂鉄を取る感じに似ていると思った。

4月24日、買い物に出かけ、予約していたケーキを受け取る。4月は主人と長女の誕生日があるので、毎年キルフェボンのホールケーキを家族4人で食べることが恒例となっていた。今年は、主人は地方に住み、次女は乗船実習で海の上なので、2回り小さいイチゴタルトのホールケーキになった。主人とはZOOMで一緒に食べた。

1クールの間に起きる体調の変化が大体分かり安心できた。食欲もあるし、ジョギングする位の体力もまだまだあった。口内炎が治ったあと2、3日して歯に詰めていた金属が取れて慌てて歯医者にいった。抗がん剤治療中は歯医者には行けないので虫歯は治しておくよう言われていたので焦ったが、詰め治すだけで済んで助かった。この期間は髪が抜ける事で頭はいっぱいだったわけだが、すでにハゲにかなり近づいて、悲しみと諦めの末、開き直るという境地に至った。

次女

乗船実習というと
「自衛隊ですか？」
とよく言われるが、次女は航海士である。高校生の頃、将来特になりたい職業がなかった彼女は大学選びに頭を悩ませていた。私は半分冗談のつもりで
「玉の輿に乗って私にもおこぼれちょうだい」
と、よく言っていた。たまたまご近所に船乗りのおじいちゃまが住んでいて、船乗りの生活がどんなものか聞いていた。亭主元気で留守がいいを実現していて、生活ぶりも余裕があると見受けられた。次女に、
「船乗りの奥さんは玉の輿かもよ」

と言うと、まんざらでもないと思ったようで、

「船乗りと結婚するなら、船乗り志望が行く大学が良いんじゃない」

と言った私の言葉を真に受けたかは分からないが、海洋工学部、海事システム工学科に進んだ。ここで優秀な船乗りを見つける予定だったのが、なぜか自分が船乗りになってしまった。

ただ授業を真面目に受けていた結果そうなった。おもしろいことに船乗りになる夢と希望を持って入学した同級生の方が現実とのギャップに航海士になるのを諦める人が多いらしい。次女は、不純な理由ではあるが何も知らずに入学したのですんなりカリキュラムをこなしたのかと思った。単位を取るために、受験勉強を超える難しい勉強することになってしまったようだ。

私はまだ、次女が玉の輿に乗るという夢をあきらめてはいないのだが、このまま船長になってしまうのもありかなと思っている。

彼女はこの春無事に大学を卒業したのだが、入社は10月で、その前に半年の乗船実習があったのだ。本来は海外へ行けるので楽しみにしていた実習だったのだが、コロナ禍故に国内止まりになってしまったのは可哀そうだった。

抗がん剤治療2クール

治療の流れがだんだんと分かり前回よりも気持ちに余裕ができた。まずエコー検査を行い、抗がん剤治療専用の診察室で先生がその画像を見て点滴を始める。向かいの部屋に移動して点滴が終わるまで安静にしている。この時間は、看護婦さんに質問したり説明を受けたり、お仲間との雑談タイムとなる。みんな点滴の中身は違い、私の化学療法はエピルビシン、エンドキサン、デカドロン、アロキシ静注、1回の価格は15300円だった。トリプルネガティブにはエピルビシンという赤い抗がん剤が必須らしい。点滴が終わるとまずトイレに行き、診察を受けて、吐気止めの薬をもらって帰るという流れになっていた。先生と話ができるのは点滴後の診察の時間に限られていた。

4月27日、ニット帽を被り出かける。『しこりちゃん』は触った感じではかなり小さくなっている気がしていた。先生から腫瘍が小さくなれば抗がん剤は3回で終わり（本来は4回）にしてもいいと言われていたので、何とか早く終わらせたかった私には嬉しい兆候だった。点滴の際にも先生はクスリがよく効いていると言ってくれた。向かいの部屋に行き椅子に座ると次々と人が集まり8個の椅子が満席になった。新人が2人いた。前回の私と同様に看護婦さんから説明を受けていた。前回は4人だったのでみんなで話をしていたが、さすがに8人もいたら自己紹介するわけにもいかないので隣の方に話しかけてみた。年齢も同じ位で、髪の毛があまりにも自然だったので「初回ですか？」と思わず聞いてしまった。ところが彼女は抗がん剤治療後手術と放射線治療をして、さらに抗がん剤治療していた大先輩だった。乳癌のタイプが違うらしく、抗がん剤もかなり高額なものなのでびっくりした。短い時間だったが色々教えてもらった。髪の毛だけでなく眉毛やまつ毛が抜けること、鼻毛が抜けると鼻水が出てきてしまうこと、爪が黒くなってくること、便秘になること、カツラのこと、日常生活でこれまで起こったこと等。私もこれまでの経緯や、帽子に両面テープを付けてハゲ頭にくっ付けチャリに乗ったが無駄だったなど、数々の失敗談をした。彼女は、１人で点滴を受けた事もあったと言っていたのでこの日は賑やかな時間になったみたいだ。

点滴を終えると診察の順番が回ってきた。画像を見ると腫瘍の長さは３センチから２センチにしか減っていなかった。がっかりした私に先生が体積の計算をしてくれた。体積で比較すると５分の１になっていた。

[3.02×2.54×1.35＝5.17→2.10×1.79×0.51＝0.99]　19％になる。

「このサイズだと気づかないよなあ」と先生が言うように、『しこりちゃん』は本当に探さないと見つからない位になっていた。このまま いけば次回は消えているかもと思いながら帰宅した。

抗がん剤翌日からは前回同様の体調で、無理すると軽い頭痛が起きる程度だった。便秘は吐気止めの薬の副作用と聞いて、前回吐気はほとんどなかったので７日分の吐気止めの薬を４日で止めてみた。吐き気は全く起きなかった。口内炎の方は10日目からイチゴを食べまくる荒業を実行した。口内炎にはビタミンＣと以前歯医者で教えてもらったので、毎日１パック５日間食べ続けた。

なんと口内炎は起きなかった。

ほてりの方は3～4日続き、夜もぐっすり眠れたのは9日目の晩だった。前回は16日目にして喉の渇きで起きることなく眠れたので、今回は10日目で抗がん剤が抜けたのかと思った。


5月12日、下の娘が乗船実習から帰ってきた。カツラで駅まで迎えに行きタクシーで家に着いた。元気に帰ってきた娘にカツラを取って、脱毛の経緯や抗がん剤治療の話をした。夜風呂から出ると、離れたところにいた次女の「つるぴか…」と言う声が聞こえた。思わず洗面所の鏡を見た。誰？　と一瞬思ったが、私の頭が光っていた。ほぼハゲの頭は洗面所の光を反射していたのだ。急に可笑しくなって大笑いした。それ以来私の呼び名は「つるぴか」になった。

この時期は脱毛の心配も終わり、乳癌と真剣に向き合う時期となった。普通なら治療開始前に勉強するべきところだが、3月から4月は娘達の卒業と就職、主人の再就職と自分の新しいパート等、それぞれの生活の変化に追われていた。癌と診断された後、とりあえず「ウルトラ図解乳癌」と「癌が消える食事」の

2冊の本を買った。乳癌についての大体の事は本に書かれていたので、トリプルネガティブについて掘り下げてネットで調べたりした。

トリプルネガティブ

最初に聞いた時、病気事態がネガティブなわけだから、それに対してトリプルネガティブということはマイナス×3マイナスでプラス？　なんて思ってしまったわけだが、全くの逆だった。乳癌は、ルミナルA、ルミナルB、HER2、トリプルネガティブの4タイプに分けられる。ホルモン受容体、HAR2たんぱくのないタイプがトリプルネガティブで、ほかのタイプにはホルモン療法、HAR2療法があるのに対し、化学療法しかないという最もネガティブなタイプだ。トリプルネガティブの中でも更に枝分かれして6〜7タイプになり、それぞれ研究が現在進行している。私のタイプはLARというもので、遺伝子に異常があるものではないことは分かった。ここからの研究は素人には難しくてよく分からなかったが、日々医学が進歩していることに感心した。また予後不良で転移を起こす確率、再発する確率が他の乳癌より高いとされているタイプらしい。

食事改善

看護婦さんには、

「乳癌は何食べても大丈夫だから消化器系の癌に比べたら本当に楽なのよ」

と言われた通り、吐気よりも食い気が勝った結果、食事改善をしたにもかかわらず激太りをしてしまった。私の購入した本には、癌を消滅させるには食べた方がいいものとNGの食べ物があり、基本は無塩、人参ジュースが一番効くと書かれていた。もともと粗食だったので特に大変ではなかったが、ジューサーがなかったのでジュースは断念してミキサーで人参スープを作った。初めは好評だったが、飽きてくると誰も飲まなくなり人参カレーが定番になった。

近所のスーパーで木曜日に野菜の特売があって助かった。人参が3本入って1袋100円だった。毎週人参を5～6袋買っていたので、馬でも飼っているのかと思われていたかもしれない。キノコも免疫力UPにつながるためせっせと食べた結果便秘改善につながった。トマトは常備し、カットして冷蔵庫に保存してほぼ毎日食べたし、納豆や海藻も毎日とるようにした。癌に良いとされる野菜料理をあれこれ作ってみた。やはり体に良いとはいえ食べ過ぎていたようだ。コロナで外食できない状況だったので、へんてこりんな料理を食べるのにはちょうど良かった。小麦粉がNGだったのでパンが食べられなかったのが寂しかった。

抗がん剤治療3クール

5月18日いつものようにエコー検査を済ませて点滴を受ける。腫瘍は前回の半分位になっていた。前回は5分の1になっていたのでこのまま順調に小さくなれば計算上は無くなっているか25分の1になるはずだが、結果は最初の10分の1にとどまった。先生にどこまで小さくなれば手術になるのか聞いたところ、ゴールは消えるまでと言われた。やはり抗がん剤は4回は受けないとダメとのことだった。消えてしまった状態になるのがベストで再発リスクがかなり低くなる事は勉強済みだったので納得した。この日は点滴の針を入れるのに手こずった。赤い抗がん剤は劇薬なので高速で流し込みその後に生理食塩水を流すのだが、その日は抗がん剤がなかなか落ちて行かなくて3~4倍いつもより時間かかってしまった。となりで見ていた方も心配してくれた。となりにいたのは最初の時にご一緒した70代位の方で私と同じトリプルネガティブだった。同じ治療をして、全摘、放射線も受けたのに、髪の毛が生え揃う前に鎖骨の辺りに再発してしまったとのことだった。前回の抗がん剤治療もつらかったらしく腕も痛いと言っていた。私もこの後点滴の針を刺した手の甲と腕が痛くなってしまう。

この日は便秘の薬をもらって帰る。3回で終わらせることができずガッカリする半面ワンチャン終わらせるよう頑張ろうと心に誓う。夜は物凄くだるくなり寝込む。

　翌日は元気になっていた。夕方から顔のほてりが始まる。翌朝もほてりが続くがクスリが効いている証拠のような気がする。便秘の薬も毎食後飲んでみたがさほど効果はなかった。

　この期間は中途半端だった食事療法を見直しごはんも玄米に変えた。気が向いた時にやっていたイメトレを毎晩やることにした。

　10日目位から免疫が落ちてきたが、疲れやすいぐらいで口内炎も出来ず過ごすことができた。今回もイチゴを食べまくったのだ。歯ブラシは「かたい」から「やわらか」に変わり、何か口に入れたらすぐ歯を磨き、仕上げにイソジンですすぐという習慣が身についていた。

　6月に入り暑くなってきたので麻の糸で帽子を編む。暇だったので手ぬぐいで帽子も作ったがいまひとつしっくりこなかった。最初にコットン毛糸で編んだ帽子がまずまずの出来だったので、夏用に麻素材の糸をユザワヤで買ってきたのだ。1年おきに漬けている梅も2度に分けて買ってきた。いつもは5kgなのだが今年は8kg漬けて2度に分けて干した。

この期間は雨の日以外は毎日出かけていた。買い物、パート、娘とカフェ、友達と会ったりカツラ屋にちょこちょこ立ち寄っていた。友達にゴーヤをもらった事もあり、ゴーヤバナナジュースを毎朝飲み始めた。ミントも沢山もらったのでミントティーにしてみた。ミントは抗がん作用があるのでせっせと飲んだ。庭にも植えてみた。

ボランティア

何故治療を急いでいたかという理由の1つが東京オリンピックのボランティアだ。当初エントリーはしていなかったが、コロナによるオリンピックの一年延期でボランティアが減ってしまい、ボート競技関係者に再募集がかかった。私は東京都ボート協会（現在はローイング協会）の役員を10年位していて、イベントの手伝いや、審判の資格も取り貢献していた。オリンピックの前年に、真夏の炎天下、プレ大会を経験して懲りていたが、人手不足ならと引き受けた。間際で癌になるとは…。7月末までに何とかなるか考えた。ハゲのまま参加はさすがにキツイしカツラは暑くて無理。髪の毛はひと月1センチ、ここで抗がん剤治療が終われば7月末にはベリーショート位になるかと思った。3回で抗がん剤治療を終了させなければボランティアは絶望的ということだ。癌の心配より頭の心配ばかりでふざけている気もするが、モチベーションを保つ目標として今思えばありがたかった。しぶしぶだが引き受けて本当に良かった。

イメトレ

スポーツ選手がよくやるイメトレと同じで、癌が消えて無くなるイメトレを毎晩続けた。具体的に言うと、手を腫瘍のある胸に当て、息を吸って止め集中して癌細胞が消えていく状況をイメージするのだ。私は、身体の中にいるブラシを持った小人達を胸の腫瘍の場所に集め、小人達に黒い塊をゴシゴシこすって洗い流してもらうというイメージで続けてみた。このイメトレは子供達が通っていた幼児教室で教えてもらったやり方で、集中している間は腫瘍の辺りが熱くなってビリビリする感覚があった。薬が効いていることを実感した。気休めの様だが、おばあちゃん子だった私はおまじないとか諺を信じる傾向があり、悪い事をすると罰が当たると信じていた。今回の乳癌もまさに当てはまり、自分の中ではなるべくしてなったと、この一年の生活を猛省した。このイメトレも始めは気休めだったが、切羽詰まった頃には集中力も増し、3クール も終わりの方になるとビリビリする感覚が無くなり、もしかしたら癌は消えたんじゃないかと脳天気に考えていた。

抗がん剤治療4クール

6月8日、一筋の希望を胸にエコー検査を受けるが、腫瘍は消えていなかった。画像では大きさも前回とほぼ同じで、先生には次の薬を勧められた。消えてなかったと聞いた時の落胆は思いのほか大きかった。イメトレの感触もあり、心の底では消えていると確信していたのかもしれない。

何としても4回目の抗がん剤を阻止したかったのだが、この状況では仕方なかった。点滴は前回針を刺した場所がまだ紫がかっていて痛みも若干あったので反対の手にしてほしいと言うと、抗がん剤は同じ手じゃないとダメだと言われた。血管の内側は抗がん剤の影響でただれて潰れてしまうらしく、逆の手は今後のために取っておく必要があるとのことだった。仕方なく手の甲の親指よりの血管に針を刺した。血管が潰れてしまったのもショックだった。よく見ると、左の手の甲から肘の内側に続く血管に沿って皮膚がへこんでいた。

その日は6人で点滴を受け前回とほぼ同じメンバーだった。その中に私と同じトリプルネガティブの方がいた。私の先を行くその方は4クールの治療を終え、次の薬の2クール目に突入していた。初めて同じタイプの方の治療の進行状況を聞くことができた。やはり最初はみるみる小さくなった腫瘍が途中から変化なしの様子だった。

３回では終わらなかったこと、さらに次の抗がん剤に進むこと、オリンピックのボランティアはできないこと、いろんなことが頭の中に浮かんでかなり動揺していた。点滴のあとの診察の際には、

「腫瘍が小さくならないのはおかしくないですか？」

「抗がん剤が効かなくなったってことですか？」

「次の薬は本当に効果あるんですか？」

と、何度も先生に尋ねる私に、看護婦さんには、

「いい薬があるから、飲むとよく眠れるわよ」

と、精神安定剤？　を勧められた。先生は明るく、

「標準治療で、今までのデータもあるから、腫瘍が消えるまでは試す価値あるよ」

と言ってくれた。その後動揺し落胆していた私は、２週間後に採血し３週間後から次の抗がん剤治療開始の説明を聞くのが精一杯だった。次の薬はタキサン系で前回ほど強くないとのこと、３週間は毎週点滴に通い、１週間空けた後エコー検査、これを４クールが標準治療と言われた。

診察の後で同じトリプルネガティブの方に今日のエコー検査で腫瘍は小さくなっていたのか聞いたところ、「変わってなかった」と残念そうに教えてくれた。

夜はだるくて早く寝てしまう。

6月9日、元気に起きて庭の掃除をしながら前日のやり取りを思い出しモヤモヤする。母親に治療の愚痴をぶちまけてスッキリする。明日帰って来る出張中の長女にも電話で愚痴った。血管が潰れた事のショックは大きかったのだが、結局のところ何が琴線に触れたのかというと、乳癌で精神まで病んでしまったと勘違いされたことだ。昨日はショックを受けていたが、徐々に怒りに変わってきた。まあ元気になった証拠なのだが（笑）

6月10日、オリンピックのボランティアは辞退することにしたが8月末のパラリンピックは承諾することにした。ボランティアなので最悪ギリギリで参加できなくても大会には支障はないだろうと思った。主人とは電話でこまめに病状をはなしていたのでボランティアには反対していたが、闘病生活の希望になると話すと納得してくれた。抗がん剤治療についても私が止めたいと言うと、色々選択肢はあるけど納得できるのが一番だと言ってくれた。

6月15日、4回目の抗がん剤治療から1週間後にあたる。思い切って先生に直談判するべくクリニックへ行く。何日か考えた結果抗がん剤治療は止めようと決めた。一番の理由は抗がん剤の効果が見られなくなったこと。次の薬の効果が見られないと聞いたこと。血管が潰れる位だから体の中で他の臓器や細胞にかなりのダメージがあるのではと疑い始めたこと。とにかく早く手術して先に進みたいと思った。

いつもと違い怖い顔で診察室に入ると、看護婦さんは、

「あらあら今日はどうしたのかなあ」

と明るく言った。治療の合間に診察に行った事がなかったので珍しかったのか、前回の泣き言の続きでも言いに来たと思ったのか…。

「抗がん剤治療を止めて手術をしてほしい」

と先生に相談した。

「色々考えたのですが、腫瘍も小さくなったので切除範囲も少なくなったので切ってください」

先生は笑顔で迎えてくれたものの、表情は曇ってしまった。私は、

「いきなり治療を始めてセカンドオピニオンも受けて無いので、ここで他の病院に行きたい」

とまで言った。先生は気持ちを察してくれて、ここで一息入れてＭＲＩをやるのもありだと言って翌々日に予約をいれてくれた。確かにエコーの画像では腫瘍があるのでなくなるまで抗がん剤治療を続けるのがベストだが、ＭＲＩで腫瘍を確認して手術を検討してくれる事になった。ただ結果が悪ければ術後の抗がん剤治療は必ず受けるよう念を押された。伝えたいことがきちんと伝わったこと、手術に進める事、何より治療を否定して先生と決裂することがなくほっとした。多少あきれていたかもしれないが、心の広い先生で本当に良かった。

帰り道、張り詰めていた物がすーっとなくなり先が見えてきた気がした。次

のステージへ進む前に景気づけにスタバでストロベリーフラペチーノを飲んで帰った。

6月17日、隣の駅にある救急指定病院でＭＲＩ検査を受ける。10時20分の予約だったが、検査結果も待っていたので終わった時には12時をとうに過ぎていた。天気予報は曇りだったのでチャリで出かけたのだが、雨の中帰る羽目になってしまった。昼を食べ早速クリニックへ検査の結果を持って出かけることにした。予約なしで見てもらえて本当に有難い。だがその日は抗がん剤投与後10日目、免疫力が落ちている頃だった。抗がん剤はボディーブローのように効いてきて、４クールの頃には一度出かけると疲れて少し横になって休まないと家の用事さえ出来なくなっていた。クリニックへ着いた時にはどっと疲れていた。

しばらく待って診察室に呼ばれた。ＭＲＩの結果を見ると腫瘍が消えていた。先生も驚いて、即手術の日を決めてくれた。ここで元気があればドヤ顔の１つでも見せたかったのだが、すでに精も魂も尽きていた私は唯々自分の判断が間違ってなかったことへの安堵で胸がいっぱいで、それ以外の事は考えられなかった。

手術は7月5日の月曜日で、ＭＲＩを受けた病院で行うことになった。その女性外来で手術前検査と入院説明を受けるため紹介状をもらった。

家に帰って主人に報告した。エコーで写っていたのは何だったのか考えると眠れなくなるので、純粋に腫瘍が消えた事を家族と喜んだ。

6月23日、女性外来を受診する。心電図、エコー、肺活量、レントゲン、血液検査を受けた後、手術の説明を受ける。白血球を増やす注射を3日間受けることになった。今度は女性の先生で、穏やかな口調のおっとりした説明だったが、切除範囲が大きいのでビックリして聞き返した。図に描いて説明してくれたわけだが、腫瘍が消えているにもかかわらず、最初にあった腫瘍プラス1～2㎝周囲を採るといわれた。主治医の先生から「腫瘍が無くなれば切る範囲は小さくて済む」と聞いていると話したが、標準治療は違うと言われた。本来なら全摘のサイズだったのだから、抗がん剤のおかげで温存手術になって良かったと言わんばかりの説明だった。小一時間説明を受け承諾書にサインして帰って来る。

翌日、手術前にコロナワクチンを打ってもいいのか聞きにクリニックへ行った。オリンピックのボランティアはワクチン接種枠があったのだが、ワクチンはやめた方がいいと言われた。前日の病院での話と3日間注射に通うことになった話をすると先生は首をかしげていた。

その夜、先生が電話をくれた。どうやら説明が違うと思う患者は私だけではなかったらしく、不安材料について話を聞きに行くことになった。翌日承諾書の控えを持って行き、再度詳しく切除範囲について説明をうけた。やはり当初通り最小限にしてくれると約束してくれた。「僕が必ず執刀します」と言ってくれた。全身麻酔なので一筆もらいたい所だったが、ここはひとつ先生を信じる事にした。

7月2日、最後にクリニックで念のため採血とエコーをする。腫瘍があった場所に予め印を付けた。土日を挟んでの手術だが印は残るから大丈夫とのこと、その頃はすでにまな板の上の鯉の気分だった。

Believe Yourself

4回目の点滴の後、治療についてあれこれ考えていた時、1枚のお見舞い葉書が届いた。

ボート教室のお世話をしている時に知り合ったお母さんからだった。かれこれ10年近くのお付き合いで、歯に衣着せぬサバサバ系で、信頼のおける貴重なお友達である。癌の事は話していたので、様子伺いとイベントのお誘いの内容だった。治療の事ばかり考えていた中、声をかけてもらい嬉しくて気分転換に出かけることにした。

可愛らしい女の子がいろんな事にチャレンジする様子が描かれた葉書の真ん中に"Believe Yourself"の文字を見つけた。しばらく凝視した。友達からのメッセージが神様からのお告げに思えた。この言葉が一気に抗がん剤治療を止めるという決断を後押ししてくれた。

手術に向けて

勝手に手術の日程を7月5日に決めてしまったわけだが、幸い主人は仕事の休みと合い2泊3日で帰って来ることになった。手術前夜に帰り、手術の翌日には戻らなくてはいけないのだが心強かった。入院は2泊3日で、入退院の日以外は付き添いNGだった。午前中入院して午後手術なので手術には立ち会ってもらえると思い安心した。主人も主治医の先生に手術当日会えることを楽しみにしていた。

全身麻酔とはいえ1~2時間程度の手術なので一人で行くつもりだったのだが、長女は6月28日から3週間の熊本出張、次女は7月1日から9月20日まで乗船実習と2人とも家にいなかったので本当に助かった。

6月29日には神谷町まで東京2020ボランティアのユニフォームを取りに行く。家で試着するとパンツがパッパツで愕然とする。4kg位体重が増えていたので当然のことなのだが、8月末までには元に戻すと心に決める。一式身に着けて、主人とテレビ電話をする。あまり賛成ではなかった主人も、私のボランティアの恰好をよろこんでくれた。というより、パッパツのパンツ姿が笑えたというのが本当のところだ。

7月1日、次女とは長い別れになるので、新幹線の駅までタクシーで送って行った。抗がん剤治療開始前にも送って行ったのを思い出した。そのあと近所の友達がフレンチレストランでランチをご馳走してくれた。ずっと見守ってくれた唯一の友達で、コロナの中、コメダ珈琲やサイゼリヤで話を聞いてもらっていた。豪勢なランチに「これが最後かもしれないから」と冗談を言われたが、「不慮の事故も無きにしも非ず」と手術に進めた事を喜んでいる場合じゃないと少し気を引き締めた。

入院中は暇そうなので、本2冊と編みかけの帽子の材料一式、お菓子を見繕って買ってきて持って行くことにした。入院の荷物を見て、主人には「遠足じゃないんだから」と笑われた。

手術と入院生活

どういうわけか寝坊した。早く起きすぎて二人とも2度寝してしまったのだ。前日準備はしていたが、慌てて家を出たので診察券を忘れてしまった。受付で時間がかかってしまったが、新しい診察券を作ってくれた。主人は慌てて家に取りに帰ってくれた。ＰＣＲ検査と肺のＣＴを撮った。採血も異状なかった。

看護師に病室を案内された。私は自分と同じような患者さんばかりだと思いハゲ頭にニット帽で家を出たのだが、廊下を歩きながら各病室を見る限りハゲは私1人だった。同部屋にもいなかった。ここは総合病院で癌センターではないと気付かされた。お向かいのベッドの女性は中国人で盲腸の手術をしたようだった。一通り説明を受けて、手術着に着替え点滴を始めた。11時半から主人と部屋の外の談話スペースで先生の到着を待っていると、先生は普段着にリュックというラフな姿でやって来た。診察着姿しか見ていなかったので私の中の推定年齢が2～3歳若くなった。午前のクリニックの診察を終えて病室にかけつけた先生は、主人と挨拶すると、

「術後ゆっくり話しましょう」

と言って急いで手術室に向かっていった。当初13時からの予定だったのだが、もう1件手術が入り、私の手術は12時に変更になっていた。

いよいよ手術室へ向かうことになった。看護師に「歩けるわよね」と言われ、点滴の棒を右手に持ち、てくてく歩いて手術室に入っていった。ここでもまた私の想像を裏切った。ドラマのようにストレッチャーに乗せられ主人に励まされながら手術室に入って行くはずだったのに…実際は「じゃ行ってくるわ」と仕事にでも出かけるのかのように手を上げて自動ドアを通り抜けた。そして手術台に横になった。意外に手術台の幅は狭かった。その後は麻酔で寝てしまい、気づいたら病室のベッドに寝ていた。帰りはストレッチャーに乗れたんだと思った。手術は無事に終わり、同時に行ったセンチネルリンパ節生検も問題な

かった。

麻酔がさめたらトイレに行くことも出来て、夕方点滴も外してもらえた。夕飯のお粥も美味しく食べた。


翌朝リハビリをすることになった。リハビリ担当の先生が迎えに来てくれてリハビリ室まで移動した。朝食後だったせいもあり廊下は大きなワゴンと看護師さん達でごった返していた。入院した時にも感じたが、介護施設なのかと思うくらい高齢の患者さんがほとんどだった。リハビリの先生が、

「この時間帯はトイレタイムで、おむつ替えや車椅子の方のお世話で介護士の方もバタバタしているのよ」

と、教えてくれた。よく見ると看護師と介護士は色の違う制服を着ていた。

リハビリは左腕の上げ下げの練習で、傷口も小さかったので楽にこなせた。

主人は退院まではこちらに残れないので、手術翌日は外来のフロアーで待ち合わせて会うことにした。入院着に帽子にマスク姿なので、知り合いがいても絶対に分からないので気楽だった。マスクに帽子は平時であれば不審者だが、

コロナのお蔭で市民権を得ていた。主人も「いい先生でよかった」と主治医の先生を気に入ってくれた。主人はその後、私の母の家に寄り新幹線で帰って行った。三か月ぶりの再会はあっという間だった。

次の日もリハビリを受けて退院した。タクシーがなかなか来ないと聞いたので、荷物を持って電車で帰って来た。7月の炎天下、帽子にマスク、入院の荷物を持って汗だくで帰る羽目になった。お昼前に家についた。傷口はテープで留めてあるだけなのでシャワーを浴びていいとのこと。痛み止めの薬ももらった。胸と脇の2か所を切ったのだが、脇の傷の方の腫れが酷かった。翌日のリハビリのせいではないかと思った。

ともあれ無事に手術は終わり、持って行ったお菓子も消化し、ニット帽もあと少しで完成の状態となった。暇だったので基礎疾患枠のワクチン接種の予約も取ってしまった。手術の翌日、主治医の先生が顔を出してくれた。取った細胞の検査結果が出たら連絡してくれるとのこと、リンパ転移がなくてよかったと言ってくれた。

術後の経過

退院した日の夜にシャワーを浴びた。胸の傷は腫れていて、以前より胸が大きくなっていた。脇の傷はかなり腫れているのが分かったので見なかった。多少腕を上げるのは痛かったが至って普通の生活に戻った。水曜に退院し、金曜にはパートに行った。その週のシフトが金曜だけだったので手術の事は伝えていなかった。週末は、土曜に波除神社にお参りに、日曜はお墓参りに行きご先祖様に報告した。

月曜日に傷口のテープを外してもらった。脇の傷口は水が溜まってしまったらしく、よくあることだと言われた。腫れが引くのに1か月かかった。

7月15日、切除部分の検査の結果を聞きに行く。切除部分の断面に癌細胞はなかった。ただ死にかけた細胞が残っている疑いがあるらしく、放射線治療をすることにした。温存手術と放射線治療はセットになっているのが通説なのだが、切除部分に癌細胞が無ければ放射線治療しなくても問題ないと主治医の先生から言われていた。死にかけの細胞も切除しているので問題ない気もしたが、先生の勧めもあり放射線科の予約をお願いした。無理に手術を前倒しにしてもらった負目もあった。放射線は25日間、祝日を除き毎日通わなくてはならない。8月はお盆休みもあるので9月1日に予約した。

7月16日、長女が熊本出張から帰ってきた。私の頭には産毛のような毛が生え始めていたので驚いていた。「キウイフルーツみたい」と言って何度も頭を撫でて面白がっていた。

体力を戻したいのとダイエットのため公園でジョギングしたり、YouTubeを見ながら筋トレとストレッチに励んだ。暑いのでランニングキャップを被って公園に行こうとしたら、後ろの空いている部分からハゲ頭が覗いていて慌てた事もあった。タオルを挟んで穴をふさいだ。8月に入るとタオルも必要なくなった。

7月下旬には東京オリンピックが無事に開催され、毎日退屈することなく過ごせた。ある日長女が私に、

「『ごりん』だ」

と言った。てっきりオリンピックの話かと思いきや、私の頭のことだった。五輪の最中に五厘とは縁起がいいと少し嬉しくなった。それからしばらく私の呼び名は『ゴリンちゃん』になった。

お盆休みには思い切って長女と一緒に主人の所へ行った。コロナワクチンも、私は8月5日に2回目を、長女も職域接種で2回きちんと受けていた。義父母には乳癌の事を伏せていたので治療も一段落したところできちんと報告することにしたのだ。カツラで行こうか迷った結果、ゴリンに帽子で出かける事にした。二人とも私の頭を見て驚いていたが、乳癌だったと聞いて更に驚いていた。義母は認知症が少し進んでいるが話はちゃんとできるので、昔一番の親友が若くして癌で亡くなった話をしてくれた。これからも体を大事にするようにと、繰り返し何度も心配してくれた。

後日談だが、私たちが帰った翌日主人が義母に会いに行くと、どうやら私はコロナで大変だった事になっていた。

先祖代々の墓

手術が無事に終わり、ご先祖様にお礼かたがたお参りに行った時のことである。お墓に【一年以内に処分される】という通告が貼られていた。とうとう無縁仏になってしまうのか…

この墓は父親の先祖の墓で、戦時中浅草から田無に移転してきたのである。空襲を逃れるための移転にもかかわらず、空襲に遭ってしまい墓石の角が欠けてしまっていた。私が小学生の頃、父が墓石を新しくして、墓標を〝先祖代々の墓〟とした。私の実家は、初詣より墓参りというくらい、何かあるごとにご先祖様にお参りする家だった。ところが数年後、親戚一同の話し合いの末、当時独り者だった父の弟が墓を引き継ぐことになった。父は八人兄弟の長男だった。長男の嫁として、生活を切り詰めて墓石をきれいにしたのは母の裁量だった。手放す際、母はよほど嫌な思いをしたらしく、私はそれから何年もお墓の話と親戚への愚痴を聞かされる羽目になった。それからは父方の親族とは疎遠になった。それでもお彼岸とお盆の三回のお墓参りは欠かさなかった。私自身、人生の節目には必ずお墓参りをしていた。自分の運が良いのはご先祖様のお陰だと常々思っている。

父が七年前に88歳で亡くなり、母の見つけてきた富士山の麓の墓に入った。葬儀を済ませ一段落して、母が叔母に連絡をしたところ、時同じくして墓を引き継いだ叔父が亡くなったと聞いた。癌を患っていたことは聞いていたが、お互い高齢だったので行き来はしていなかった。叔母の話では、叔父の骨は叔母の嫁ぎ先の墓のある共同墓地に納めたとのことだった。叔父は生涯独りだったようだ。

その後も母と私は田無の墓参りを続けていた。

「おじさんが亡くなってこのお墓どうなるの？」

と母に聞くと、

「あちらに任せたんだから、ほっときなさい」

と言った。

ここ数年は、母も足の具合が悪く、私一人でお参りすることになっていた。この通告を見たのは私一人だった。どうしたものか…

50年以上に亘り私を見守ってくれていた大事な墓である。今回は今までとは比べられない「命」まで救ってくれたと思うと放っておけなかった。家に帰り主人に相談すると、「家計の負担にならないんなら引き継いでもいいよ」と言ってくれた。色々あった母には中々切り出せなかった。ある日母を訪ねて恐る恐る墓の話をした。意外にも小言一つなくあっさり賛成してくれた。みんな歳をとったのだなと思った。

結局、墓石を新しくした父も、それを引き継いだ叔父も〝先祖代々の墓〟には入れなかったと思うと可笑しかった。

墓石の裏側には父の名前と昭和48年建立と刻まれている。

主婦ランナー

毎年7月の最終金曜日に開催されるレースがある。私が10年来挑戦しつつ完走できてない唯一のレース、富士登山競走である。我が家の年中行事になっていて、レース当日には主人は毎年休みを取って車で迎えに来てくれていた。去年と今年はコロナで中止になった。ここ数年は〝吉田のうどん〟を毎年食べることも楽しみになっている。40歳を過ぎて近所の公園でランニングを始め、近年ではこのレースのために練習を続けていた。主人とも一緒に公園に行って走っていた。主人は真夏に走り終わると公園の水飲み場で帽子を脱いで頭から水を浴びていた。私も50歳を過ぎた頃から更年期のせいか首から上にやたらと汗をかくようになった。タオルを手にランニングをする位顔汗もやばい状態で、水浴びする主人がうらやましかった。いっそのこと坊主にしてしまいたいと何度も思った。今年まさかこんな形で夢がかなうとは（笑）

年々膝の状態が悪くなっているし、乳癌にもなり山頂コースを狙う権利は2回残されているが完走は厳しい現実。治療中体力が無くなり走れなくなって落ち込む私に、

「身体を休めろってことじゃない？」

と娘が言ってくれた。確かに病気にでもならない限り、無理して膝の痛みをだましだまし練習しているに違いない。

パラリンピック

8月24日ボランティア初日を迎える。ダイエットも順調に進み元の体重に戻ったので、ユニフォームも丁度よくなった。帽子にマスク姿の年齢不詳、性別不詳のボランティアの誕生である。私はボート競技のフィールドキャストとして4日間参加した。その頃は私の頭は高校球児のようだった。初日はドキドキで海の森競技場へ行ったのだが、知った顔が沢山いて安心した。癌の事を

知っていた人には「元気になって良かった」と言われ、癌の事を知らなかった人には「どうしたの？　その頭…」と驚かせることになった。初対面の人には「外国人かと思った」とも言われた。

コロナ禍での開催だったので、毎朝集合すると抗体検査をしてから各自のポジションに割り振られた。抗体検査は唾液と薬品を容器に入れ、業者に送り検査するシステムだった。初日は唾液を溜めるのに皆苦労していたが、コツを教えてもらうと意外に簡単だった。オリンピックからボランティアに参加していた人は真っ黒に日焼けしていて、日焼け止めを怠った人はマスクを外してもマスクをしているかの有様だった。パラリンピックはオリンピックより種目も少なく、ボランティア活動も楽だと聞いていた。私はウォーターチームに属していて、船舶免許があるのでモーターボートのドライバーチームの一員だった。仕事はマーシャルといって、モーターボートでレースの行われるコース内の監視が主な役目だった。ボート競技は知らない方も多いが、東京オリンピックの際に会場をどこにするか決まらず、ちょっとしたニュースになったと記憶している方は多いと思う。ボートの種類は、1人から8人乗りと色々あるが、競技自体は２０００mを漕ぐだけである。私はボート競技の審判の資格があるのだが、まだまだ下っ端なので今迄レースで審判艇を操縦したことがなかった。審判艇は主審を乗せレースを追走し、主審はレースの成立を判断する任務がある。今まで、船舶免許はあるもののモーターボートの操縦の機会は皆無だった私は、ここぞとばかりに運転の練習もさせてもらえた。海の森競技場は風が強く、桟橋にモーターボートを着岸させるのには苦労して、結局ベテランドライバーのボランティアさんに代わってもらうという失態もあったが、水の上は本当に気持ちが良かった。船舶免許を取得しておいて良かったと初めて思えた。

公開練習の日にレスキューの演習があった。ちょうどテントで待機していた私に救助される選手の役が回ってきた。そこにいたメンバーで私だけ女性で明らかに一番体重が少ない事が一目瞭然だったからだ。パラ用のシングルスカルという1人乗りボートに乗り、コース内で具合が悪くなって意識がなくなりレスキュー隊に助けられるというちょっと恥ずかしい役回りだった。おまけに濡れるかもということで、帽子を脱ぐことになった。遠くで見ていた人に、「人形かと思った」と後で言われ可笑しかった。私はベテランレスキューに助けられ、担架に乗せられ救急車に乗り、ストレッチャーに乗せられ医務室に運ばれた。そこでバイタルチェックをして任務終了だった。手術室に向かう時に乗れなかったストレッチャーにこんな形で乗ることになるなんて…また夢がかなったのである（笑）

せっかく海外から強豪選手が集まっているのに、選手との接触は一切禁止だったのが残念だった。パラ選手なので、移動や準備の際に手を貸したくなる場面があっても選手から頼まれない限り何もしてはいけないと説明を受けた。コロナ禍故、選手とボランティアの間には見えない壁ができていた。とはいえ、沢山の人との出会いもあり、この4日間はこの夏一番の一生の思い出になった。

放射線治療

9月1日、初めて放射線科を受診する。毎日通うためパート先に近い総合病院を紹介してもらった。放射線科は地下3階にあった。手術を受けた病院もレントゲンやMRIは地下だったのでそんなものかと思った。水曜日は担当医が休みだったらしく外部の女医の先生が診察してくれた。今までのデータ一式に目を通していた。この期に及んで往生際が悪い私は、何とか放射線治療を避けられないか先生に相談した。またまたかれこれ小一時間説明をしてくれた。「腫瘍がこんなにきれいになくなる人は珍しいのよ」と言ってくれたが、再発のリスクはゼロではない事。放射線による効果は再発のリスクが三分の一になること。たったの三分の一なのか…と思ってしまったのが本当の所である。副作用は肌が赤くなったりかゆくなったりすること、稀に肺に支障がでる人がいるとのこと。放射線を浴びて逆に癌が発生しないのか聞いたところ、それはないとハッキリおっしゃった。先生曰く、抗がん剤の方が再発のリスクが高いというデータもあると教えてくれた。それほど安全だということを伝えてくれたわけだ。初日はCTで放射線を浴びる範囲をきめ、胸と脇と腕にマジックで印を付けて帰って来た。

本来25回毎日通わなくてはいけないのだが、1回の線量が多くなってしまうが16回で終わるコースにしてもらった。9月3日からスタートした。9時20分の予約で、着替えて放射線浴びて会計を済ませるのに30分あれば充分だった。痛くも痒くもない治療だったので楽だった。週に一度診察があったが、特に異常がなかったので薬をもらう事もなかった。担当医の先生は男性で口数の少ない方だったので、説明を受けたのが女医の先生で良かったと思った。そういえば最初の診察の後で、看護師さんに「こんなに先生と治療について話す方は初めてですよ、けっこうキツイ事も言われていましたね」と言われたのを思い出した。

待合室は更衣室が3つあり、診察着に着替え待っている間看護婦さんと世間話をしていた。前後の方々とは毎日顔を合わせるのだが、それぞれ期間が違うので入れ替わりで何人かの人とすれ違った。手術の時と違い明らかに癌と分かる人、つまりカツラや帽子の方が多かった。私が後数回で終わる頃、私の前の順番の人がクリニックで抗がん剤治療を一緒に受けていた人だと分かった。私が高校球児へアーだったので向こうは気づかなかったようで、思い切って声をかけてみた。放射線技師の方もこんな事なかなかないと驚いていた。9月26日無事に治療を終えた。

再会

放射線治療最終日、クリニックで抗がん剤治療を一緒に受けた方が待っていてくれて話をすることができた。私はいろんな人とよく話はするのだが、連絡先を交換する習慣がなく、一緒に点滴を受けた皆さんがどうなったのか気になっていた。お互い積もる話がいっぱいで2時間以上お茶することになった。驚いたことに私と同じ産婦人科に行き、先生に僕の師匠だからと乳腺外科を紹介してもらっていた。最寄り駅も一緒で勤務先の駅も一緒だった。だから放射線治療を受けた病院が一緒になったわけだが。彼女は抗がん剤治療を一緒に受けていた中で唯一私と同じトリプルネガティブで、年齢は私より少し若かった。4回目の点滴の際にお話を聞かせてもらい参考になったと伝えた。これまでの経過はどうあれ手術まで無事に終えることができたことをお互い喜んだ。今度はＬＩＮＥの交換をした。これから先も色々相談できる人がいるというのは本当に心強いことである。

治療を終えて

4月から9月まで6か月かかったが寛解となった。トリプルネガティブは薬の服用もなくあとは定期的に検査をするだけでよかった。10年間再発しなければ完全寛解となるのでそれまでは気が抜けない。今回一つだけ良かったことは、乳癌が娘達でなかったことだ。もし娘が乳癌だったらと思うと生きた心地はしなかったと思う。

15年以上前の話になるが、娘に大怪我を負わせたことがある。お酒を飲んで自転車に乗り転倒。後ろに次女を乗せていた。私は外傷で済んだものの次女は頭蓋内出血（硬膜外出血）となり生死の境をさまよった。三途の川は越えなかったものの、見えたのか見えなかったのか定かではない。当時は見えたようなことを言っていたが。それから私はきっぱりと酒を止めた。独身の頃からお酒が好きなのか飲み会が好きなのか、とにかく飲み始めると楽しくて、ついつい飲みすぎてしまうのである。飲みすぎで起こした失態や笑い話は数多い。目が覚めたら血だらけになっていたこともある。頭をぶつけて3センチ切れたのに気づかず寝てしまい一晩放置した結果である。そんなこんな色々あっても止められなかったお酒を止めたので、周りからの反響もけっこうあった。飲み友達からは「つまんない女になったなあ」とか「指震えない？」とか失礼なことを言う人もいたが、みんな感心してくれた。年子の娘が幼稚園に入って子育てが一段落し、お酒を控えていたのが解禁された頃の事件である。

昨年主人が早期退職した頃、私の禁酒生活も解禁となった。子供も大学4年生になり、子育ても終了するので「そろそろお酒飲んでもいいんじゃない」と主人に言われたからだ。初めは家で嗜む程度だったが、一年も経つと昔に戻っていた。今年の1月には次女の壮行会と称し外食。私と娘2人でシャンパン、ワインを5本空け、見事に潰れタクシーで連れて帰ってもらうという失態を繰り広げた。

今回の乳癌は、主人に義父母のお世話を任せ好き勝手した罰があたったんだと考えている。歴史は繰り返す？　前回の事故の被害者は次女だったが、今回は私で良かった。娘が手術室にいる間、待合室のベンチで主人と「神様」、「仏様」、「ご先祖様」に娘の無事を祈った事を思い出す。やはり忘れてはいけない事なのだ。忘れないために自分で決めた禁酒をまっとうしなくてはと思った。神様はまた助けてくれた。次はないかも知れない。

今年、主人と娘達は新たな道に進んだ。私は放射線治療を受けながら膝のリハビリに通い始めた。半年走らずにいたのに膝の状態は良くならなかったからだ。やっぱり富士登山競走を完走する夢をあきらめきれないのだ。つくづく往生際の悪い性格である。

選業主婦

主人は北陸自動車道を走行中にサラッと言った。

「3月で会社を辞めようと思う」

えっ、咄嗟に出た言葉はそれくらいだった。それに続き早期退職に伴うメリットをいくつか挙げて介護離職を決意した経緯を話してくれた。夏休みに主人の実家へ行った帰り道である。

主人は56歳、私は54歳になる年で、年子の娘2人は大学3年生だった。あと1年の2人の学費や家のローンの残りなどは退職金や早期退職の好条件で何とかなる事も分かり私は大賛成した。今まで専業主婦として充実した生活を送らせてもらった主人への申し訳ない気持ちが大きかったし、私は一緒に来なくてもいいと言われて正直ホッとしたのも事実である。主人の両親は高齢ではあるが介護サービスを受け何とか2人で生活していたのだが、入院や通院する機会が増え、義母に認知症の症状が出始めた。主人は実家のそばにアパートを借り、両親を見守りつつ就活を始めることになった。

3月に会社を辞め4月の末には結婚して初めての別居生活が始まった。大学4年生になった娘達も就活真っただ中、主人の引っ越しが一段落した頃だった。

娘に「ママだけ働かないのはおかしい、働け」と言われてしまった。薄々自分でもこの状況はマズいと感じていた。主人の早期退職は半年の給料保障があり、その後は失業手当で当分は何とか暮らせるものの、将来のため私も働かざるを得ないと考えていたからだ。家族揃っての就活生活が始まった。私の場合就活と言っても先ずはパートを探すことにした。専業主婦がいきなりフルで働くにはハードルが高かった。

そのころの私の生活は、週2回一人暮らしの母の様子を見に行き、長年会員のスポーツジムに通い、市民ランナーとしてレースに出たり、自治会の役員をしたり、ボランティアでボート協会の仕事を手伝ったりしていた。友達とのランチも欠かせなかった。娘が小学生の頃先生に将来何になりたいか聞かれ、「ひまじん」と答えたことがある。その頃私は友人との集まりの際「私は暇人だから幹事やるよ」とか「暇人だからお店予約しとくね」など自分の事を「暇人」と呼び楽しい生活を送っていたのだ。子供はよく見ていると恥ずかしくなったのを覚えている。大抵の母親は子供が小学校に入ると仕事に復帰したり、お小遣い稼ぎにパートを始めたりするのだが、私の場合は「髪結いの亭主」という諺が頭をよぎり別の道を選んだ。

明治生まれの祖母と暮らしていた私は小さい頃から昔の諺に慣れ親しむ生活をしていた気がする。中学生の時にちょっとした誤解から生まれた根も葉もない噂のせいで窮地に追いやられた事があった。その時は「人の噂も七十五日」と思い、自ら誤解を訂正するのも馬鹿馬鹿しいのでほっておいた。学校に行くのは辛かったわけだが時間が解決してくれると我慢していた。すると、諺通り2か月過ぎた頃には元の生活に戻っていた。更に状況を理解している大人な中学生の方々には同情までされた。それ以来、昔の諺には一目置くようになった。「髪結いの亭主」というのは妻の稼ぎで働かずに暮らしている夫の事である。祖母の話では、髪結いの奥さんを持つと亭主は働かなくなる、つまり女が稼ぐと男は働かなくなるものらしい。時代は違うが私はお金を稼ぐより主人のお世話に従事することにした。そんなこともあり、ランニングを頑張ったり、ボランティアで子供達のお世話をしたり、自治会の仕事を手伝ったりと一銭にもならないが忙しい生活を送るようになった。

パートを探すに当たりなるべく今の生活を変えずに済むものを探すことにした。新聞の折込み求人チラシを毎日欠かさず見るようになった。ある日目に留まったのが近所の社員寮の調理補助の仕事で早朝3時間の勤務だった。主人の出勤を見送る必要もなくなってしまい、早朝なら日中は今まで通りの生活が出来ると思い早速応募すると面接をして即決まった。あっという間に就活は終わった。朝5時に家を出るのは少し大変だったが、私の仕事は料理の盛り付けと後片付けが中心で、調理をする寮母さんと二人の気楽な仕事だった。6月に仕事を始めた頃には娘達の就職も無事に決まっていた。主人はじっくりと決める様子でセミナーを受けたりしていた。

年が明け、一人暮らしをしていた長女が家に戻り女3人の生活が始まった。3月に卒業式を控え2人の娘は卒論や袴のレンタル予約、友人との飲み会、旅行やらバタバタしていた。私の方は、朝だけでなく昼間も別のパートをしようと再び新聞の折り込み求人チラシをチェックしていた。朝の仕事に慣れ余裕ができたわけである。そこで目に止まったのが近所の大学の事務のパートだった。求人欄にはパソコンのスキルは必要ないと書いてあり、30代40代が活躍と記されていた。何を隠そう私の日常ではパソコンはほとんど使うこともなく、スマホも何故か家族の中で私だけiＰｈｏｎｅではないという家族からも見放されたパソコンスキルだった。年齢はさておき、この事務職は入力程度が出来れば大丈夫ということなので、思い切って応募することにした。大学は家から歩いて20分の所にあり、ネットで応募も出来たのだが手書きの履歴書を持って散歩がてら大学を訪ねた。3月初旬である。実際働くのは新しく出来た校舎の方だったがどんな人達が働いているのか見たかった。案の定私より若い方々が多かった。それでも応募者である私の元にも筆記試験の案内がメールで届いた。この年で筆記試験なんて思いもしなかったが、娘も就職活動の中で同じような筆記試験を受けていたので情報をもらい試験に備えた。「おばさん相手にそんな難しい問題は出ないよ」と娘が言った通り、簡単な問題を時間内にどれだけ出来るかという形式の出題がほとんどだった。試験会場には40人ぐらいの人達が集まっていた。案の定、私より若い方がほとんどだった。ダメもとで受けたので、緊張したものの問題に集中出来た気がした。久しぶりにアドレナリンが出たのだろう、その結果見事に面接にこぎつけた。そして面接の日が決まり、筆記試験に合格しただけで満足していた私は気楽に面接を受けに出かけた。たかがパートの面接と思っていたが面接官が四人待ち構えていて驚いた。考えてみれば調理補助のパートとは違い筆記試験までして応募者を選別したのだから当然のことだと思った。何人が面接に進んだのか分からなかったし、採用されるのは一人か二人だと思っていたので面接まで進めただけで自信が持てた。最初の挑戦にしては上出来だと思った。

その面接の翌日、私の乳がんが発覚した。年が明けたころから胸のしこりが気になっていたのだが、若い頃乳腺炎でしこりが出来たが自然に無くなったこともありほったらかしにしていた。なんとなく大きくなっている気がして、娘の勧めもあり産婦人科を受診した。産婦人科の先生に、直ぐに乳腺外科に行くよう紹介状をもらった。ご存知の方も多いと思うが、乳がん検診をするのは乳腺外科という事を私は知らなかった。直ぐに乳腺外科で検査をしてもらい判明したのが面接の翌日だった。その日はいつもの通りスポーツジムに行き、家に帰るとクリニックから「検査の結果が出たので聞きに来るように」と電話があったと娘に言われた。乳がんになるなんて一ミリも疑っていなかった私は、結果を聞けば心配事が一つ減るというくらいの気持ちでクリニックを訪れた。

結果は黒だった。

「マジか…」

最初に口にした言葉である。そのあと色々説明を受けたのだが、覚えているのは現在の医療では乳がんはちゃんと治療すれば治るということ、通院治療で済むため仕事も皆さん続けているということだった。思いもよらぬ結果に動揺を隠せない私に、

「乳がんでは死なないから大丈夫よ」

と年配のベテラン看護師さんは明るく言ってくれた。少し安心したものの会計を待つ間にも次から次へと不安材料が湧いてきた。

「大丈夫？」

と心配そうに声をかけてくれた別の看護師さんには、何が何だか分からない

心境になっていた私は
「大丈夫なわけないじゃないですか」

と半分投げやりに答えた。こういう場合大丈夫ですと言うべきだったのだがそんな余裕はなかった。

クリニックを出て娘に電話した。誰かに話さずにはいられなかった。娘もいい迷惑だったと思う。ちゃんとした説明もなくただ乳がんと聞けば生命の危機を考えてしまって当然だと後で反省した。家に帰り地方に暮らす主人にも電話で話した。ちゃんと治療すれば大丈夫と分かり家族はひとまず安心した。

その頃主人は未だ就活が終わらず3月中旬を迎えていた。退職して一年が経とうとしていたが、やはり地方ではこちらと違い企業の数も少なく希望する求人も年齢がネックになっていた。それでもいくつか候補の仕事があり迷っている状況だった。主人の就活が難航していたので、健康保険は4月から娘の扶養家族になろうかと冗談で言っていた矢先だった。私の乳がんを知った直ぐ後にタイミングよく就職が決まった。

話は戻るが、乳がんと宣告され家に帰り家族と今後の治療など話し一段落した所にメールが届いた。大学の事務のパートが採用になったのだ。本来なら飛び上がって喜ぶところだが、なにせ人生の一大事の病が発覚した直後である。でも不思議なことに、まだ乳がんという自覚がなかったので嬉しくて直ぐに主人にまたもや電話した。主治医の話では治療をしながら皆さん普通に仕事をしていると聞いていたので、事務の仕事ができるのはありがたいと思った。主人も今の時代乳がんで採用取り消しになることはないと言ってくれた。

結果として、4月には主人と長女は新入社員となり、私は新しいパートに就くことになった。次女は10月入社が決まっていて、半年間、大学は卒業したものの航海実習が待っていた。私の初出勤は4月の15日に決まった。大学の新校舎への引っ越しのため初出勤日が予定より遅れたのだ。4月6日に抗がん剤治療を始めた私には好都合だった。抗がん剤治療は通院治療で、1時間位の点滴と診察、吐き気止めの薬をもらって帰るという流れで、半日で終わるものだった。さすがに翌日は軽い頭痛のようなものがあったが、安静にしていれば食欲もあり至って普段通りの生活が出来た。ただ、朝起きてみないと身体の具合が分からない不安もあり、早朝のパートは辞めることにした。

　さて、採用が決まってからの私の生活は慌ただしかった。先ず2人の娘の卒業式、3月末には主人が帰宅し、新しい会社へ提出する書類を揃えるため役所を回り、私のカツラの下見をした。「抗がん剤による脱毛には例外なし」と看護師さんに言われていたので、主人に買ってもらうにしても値段がいくら位するのか二人で何軒か見て回った。お値段はピンキリで20万から30万円が主流だった。この時がん保険に入っていない事が悔やまれた。家に帰りネットでもカツラを調べるとなんと5千円台の物が見つかった。そのサイトは、乳がんだった方が市販のカツラが高額なので、リーズナブルな価格のカツラを製造販売しているものだった。付属品も色々あった。カツラなんて結婚式の「文金高島田」以来被ったことはなかったので、とりあえず安いカツラを試してみることにした。ついでにカツラスタンドとカツラ用シャンプー、リンス、カツラの下に被るネットの帽子も頼んだ。

　実際に髪の毛が抜け始めるのは抗がん剤治療を始めて2週間後だと聞いてい

た。看護師さんにもカツラのパンフレットをもらった際に、抜け始めるまで猶予があるからカツラは慌てなくてもゆっくり探した方がいいとアドバイスをもらっていた。初出勤は抗がん剤治療の10日後だったので、おそらく髪の毛はまだ抜けてはいないと思っていたけれど、途中でカツラにするより初めからカツラで行った方がいいと思い早めに準備することにした。


がん保険のCMは、テレビをつければ一日一度は目にする。特に乳癌に関しては市の広報でも注意喚起を目にしていた。私の周りで癌を患った人が、

「ちょうどがん保険に入った後で見つかったのでラッキーだった」

と言う方々が何人かいた。逆に、がん保険に入ると癌になるのかな…。と思って保険に入るのを躊躇してしまった部分もある。長女が保険会社に就職が決まった昨年の6月には、さすがにそろそろがん保険に入っておこうと思い、長女が入社したら一番の客になる予定だった。ところが、がん保険に入る前に乳癌になってしまったのだ。内定を頂いた時に入っていればラッキーな方々の一員になれたのに残念だった。

主人が地方へ戻って行き4月1日を迎えた。長女は入社式、主人も無事に中途採用とはいえ新入社員となった。次女は5月の中旬まで続く航海実習に出かける日だった。次女とはしばらく会えなくなるので最寄り駅まで大荷物を持って見送りに行った。次女にとっても不安だらけの生活になるわけである。改札口で

「大変だと思うけど頑張りなぁ」

と明るく言うと、

「おまえもな」

と、捨て台詞のように言って出かけて行った。家族ならではの気遣いを感じて嬉しかった。我が家はみんな泣き言が嫌いなのである。私自身も辛いことも何とか笑いに変えたいと日頃から心がけていた。子供達も似ている。そして何より家族は私の性格を私以上によく解っている。

家族3人それぞれの希望ある新生活が始まり一息ついたところで、私は自身

の闘病生活の準備に入った。先ずは長年通っていたスポーツジムを辞めることにした。オープンと同時に会員になって18年、休会も考えたが、半年は確実に通えなくなると思い、一旦退会することにした。長年にわたり通っていたので顔見知りも多かったが、急だったので、親しいジム友達数人にだけ乳がん治療の事を話した。次に取り掛かったのはカツラである。数あるカツラ屋さんの中で選んだのが、イオンモールの中のテナント店だ。デパートの中にも良い店はあったのだが、イオンの方が普段着で気軽に行けるし、何より店員さんがとても気さくな方だったのが気に入った。

イオンのかつら店に出かける少し前に家に届いた通販のカツラは、やや不自然でリカちゃん人形みたいだった。似合わない事はなかったが、見る人が見ればカツラであることは一目瞭然だと思えた。カツラを試着した際に髪の毛が邪魔だったので、友達に家まで来てもらい耳が出る位のショートカットにしてもらった。唯一のママ友である近所の友達は偶然にも元美容師で、自前の道具を持ってきてカットしてくれたのだ。カットしてもらった後でカツラを付けて初めて外に出た。友達と一緒にランチに出かけたのだ。外で見ると髪の毛の光り具合とか、髪の毛の分け目など不自然な感じが分かった。二人でパスタを食べながら、

「やっぱバレバレかなあ」

と私が言うと、

「まあ他人はそんなに見てないし、帽子被れば大丈夫だよ」

と軽く言ってくれた。確かに自分がカツラを被るようになるまでは他人の髪型など気にもならなかったのに、途端に目に映る人の頭に目が行くようになってしまった。


ちゃんとしたカツラを買おうとイオンに行く途中、久しぶりに自治会長にばったり会った。道で会えば世間話をする仲だったので、

「頭、さっぱりしたねえ。朝の仕事、頑張って続けているの？」

と聞かれ、実は乳がんになって朝の仕事は辞めたと伝えた。立ち話もなんだからと近くのドトールコーヒーでお茶をご馳走してくれた。自治会長は母親と

変わらない年代で、子供会の役員になって以来、自治会の役員を引き受けることもあり普段から気にかけてもらっていた。主人が介護離職した事等、大体の我が家の事情は知っていた。それだけに元気だけが取り柄の私が乳がんになって驚いていた。

40代の頃から自治会の役員をしていたおかげで、近所の方々と親しくなることが出来た。といっても親しくなったのは私よりひと回りは年齢が上の方々ばかりだった。保健活動推進員、家庭防災員は自治会の町代表もしていたので、地区の町代表会議にも出席していた。自分の町会だけでなく、周りの町会の役員さん達とも顔見知りになった。何人かの人は自治会長と同じく道で会えば立ち話をする関係で、我が家の事情を知っている方も多かった。私の場合隠し事が苦手なので、近所の方々にも乳がんのことは機会があれば伝えることにした。聞かされた方は迷惑だったかもしれないが、変に心配されるより自分で話した方がいいかなと思った。

自治会長に、この一か月の出来事と治療の話や脱毛の話など一通り話すと、

「その髪型、似合ってるよ」

と言ってくれた。おまけに、

「美人だから何でも似合うよ」

と、お世辞と励ましの言葉をいただいた。

「じゃあこれからイオンのカツラ屋さんに行って来るわ」

と言って別れた。私はこのひと月の一連の出来事を聞いてもらって心の整理がついた気がした。勢いつけてカツラ屋に行ったものの、その日は定休日で翌日また行く羽目になった。


そんなこともあり、イオンに行った時はショートカットになっていた。下見に行った時は肩にかかる位だったので店員さんは私に気付かなかった。主人と来た時の話をすると思い出してくれて、治療に備えショートカットにしたと言うと、凄く似合っていると言ってくれた。そのカツラ屋は70歳位の女性店員が一人で切り盛りしていた。他にお客様もいなかったので結構な時間私の相手をしてくれた。高額なカツラもあったが、最終的に勧めてくれたのが12万円のものだった。人毛半分の物で、肩にかかる位の長さで少しウエーブがかかっていた。歯に衣着せぬサバサバした女性で、何より庶民的で裏表がない所が話しやすかった。その店は医療用のカツラを扱う店ではなかったので一般のお客様がほとんどだったが、中には私と同じ病のお客様も何人かいて、脱毛も個人差があることや髪が生えてくるのも人それぞれだと教えてもらった。通販で安いカツラを買った話をすると、

「直してやるから持ってきな」

と言ってくれた。話をしたのは二度目だったが、すっかり仲良くなった。

カツラを買った翌日装着の練習がてら娘と散歩を兼ねデパートへ出かけた。パートは5時間勤務で、往復の通勤時間を入れると最低でも6時間はカツラをつけていなくてはならない。髪の毛があるせいかサイズが合っていないのか通販のカツラは1時間半つけていただけで頭が痛くなってしまった。新しい方は試着の際にサイズを合わせてもらい、前髪も自然に見えるようカットしてもらっていた。見た目は上出来だった。娘はフレッシュマンなのでスーツを買い、私は新しい職場に着ていくシャツを2枚買った。モチベーションを上げるため

少々奮発した。面接の時にはまさか乳がんになるとは想像もしていなかったので、乳がんと判明した時点からパート先に伝えた方がいいのかずっと迷っていた。結局伝える勇気もなく、いっその事病気の事は隠しておいた方がいいのかとも思っていた。カツラ姿の私を見て娘も、

「そのかっこなら言わなきゃ分かんないし、言いにくいなら言わなくても大丈夫だよ」

と言ってくれた。ショーウィンドウに映る自分の姿ばかり気にしてデパートの中を見て歩いた。家を出て3時間位経つとやっぱり頭が痛くなってきた。しばらく我慢していたが、家まで帰るにしてもあと30分はかかるので、デパートのトイレの個室で一旦カツラを脱いで休憩した。個室の中には鏡がなかった。再度装着して個室から出た時は、ちゃんとかぶれているか若干心配ではあったが、洗面化粧台の鏡を見る限り大丈夫だった。前髪だけ整えて急いで帰宅した。家に着くなりカツラを取って鏡を見ると、オデコの生え際辺りが真っ赤になっていた。カツラの下に被っていたネット帽子のゴムの部分が当たっていたようだ。数日後、カツラ屋さんに行き、お勧めのネット帽子を貸してもらい試して

みることにした。

「このネット被って痛いっていう人はいないから、もし気に入ったら買えばいいから試してみな」

と言って貸してくれたのだ。翌々日が初出勤の日だったので助かった。


初出勤の日を迎えた。12時から17時までの5時間の勤務だ。その日は1回目の抗がん剤の点滴から10日目だったので体調は良かった。カツラが無ければ面接の時と変わらない状態に思えた。主人と娘とも色々話し合った結果、職場のチーフには治療の事を話すことにした。この先の治療で体調がどの様になるのか確かなことは分からないと考えたからだ。その他にも娘からアドバイスを受けた。普段から思った事をすぐ口に出してしまう私に、

「余計な事は言わない方が無難だし差別用語も要注意だよ」

と言ってくれた。我が家は皆体育会系なので言葉遣いが酷いものだった。ハゲ、デブ、ブス等、差別用語の数々が飛び交う家だったのだ。もちろん家の中と外でちゃんと使い分けているわけだが、私の場合は、ほぼ家の中にいたわけ

で、出かけた先で会う人も同じような気さくな人ばかりだったので言葉遣いを気にする生活とは無縁だった。パワハラやセクハラ、多種多様なハラスメントが生まれる昨今、昭和の人間には社会復帰は心してかからないといけないものかもしれない。娘は就活を通して社会人としての自覚がちゃんとついてきているると安心した。正直、新しい職場への不安より治療の不安の方が大きかったので、職場についてあれこれ考えていなかった。私はカツラを被った上に、猫までかぶって家を出た。職場は家の最寄り駅から電車で5つ目の駅にあり、新しいビルで眩しかった。1階にはカフェもあり大学とは思えないお洒落なビルだった。こんな所で働けるなんて病気でなければテンションがかなり上がっていたと思う。職場は2階にあった。駅のトイレで何度もカツラのチェックをして万全の状態で足を踏み入れた。もう一人新しいパートさんも来た。採用されたのは2人だった。事務所の中には5人の女性がいて、面接から1か月たっていたのだが、面接官の中で紅一点だったチーフの顔は覚えていた。簡単に自己紹介をして、新人パート2人はみんなのデスクからパーテーションで仕切られたところでチーフから仕事の説明を受けた。そこで乳がんになった事を告げた。

主治医から普段通りに生活できると言われていると伝えた。さすがに驚いてはいたが、私と同じ年齢のチーフは落ち着いて対応してくれた。カツラの事も伝えておこうと思い、

「髪はまだ抜けてはいないのですが、この先を見越してカツラをつけて来ることにしました」

と言うと、やはり雰囲気が変わっているのに気づいていたようで、

「初日だから張り切ってバッチリキメて来たのかと思った」

と笑って言ってくれた。

一緒に採用になった同期のパートさんは中学生のお子さんを持つママさんで私より7、8歳若かった。彼女の方が乳がんと聞いて驚いていた。若い人ほど衝撃があるものだ。50を過ぎた頃から、周りの同年代より上の世代の方々の病気の噂を耳にするようになった気がする。年を取ると病気も身近なものになるようだ。少し古い話になるが、30代の後半にママ友の一人が乳がんになった。その時は本当にかなりの衝撃を受けた。子供達は幼稚園に通っていて、彼女はご主人以外誰にも伝えていなかった。私が知ったのも彼女の入院がきっかけ

だった。偶然子供達が同じお教室に通っていたので一緒に遊ぶ機会も多かったしランチにも何度か行った仲だった。子供の耳には絶対に入れたくなかった彼女は誰にも話せず抱えていたのだ。入院した時はあちこち転移していたので、発覚してからかなり経っていたのだと思う。手術も抗がん剤治療も先延ばしにし、民間療法を試していたと聞いた。子供に病気の心配をさせたくないという思いが切ないほど分かって涙が出た。若ければ若いほど病は辛いものだ。そんなことを思い出した。

4月の間、といっても4日だけだが、研修という形で新人2人が一緒に勤務につけた。同期パートさんとは沢山話が出来て、お互いの家族のことなど知ることができた。お子さんも優秀で都内の名門中高一貫校に通っていた。2人で筆記試験を思い出し、

「よくあの難関を突破できたよね」

とたたえあった。ドキドキの新しい職場でいい人と一緒で良かったと思えたのもそこまでだった。同期のパートさんとはその後会うことはしばらくなかっ

た。新人同士が同じシフトでは仕事にならないということだ。それでもその4日間のパートは確実に乳がん治療の気分転換になった。

抗がん剤の治療は1クールが3週間で4回受けた。パートは週に2回程度だったので無理なく続けていた。シフトの方は子供も大きいので私は基本遅番となった。遅番は昼間に比べ電話の対応やパソコン業務も少なく、申し訳ないくらいに楽だった。その頃は、髪の毛が抜けていく恐怖を紛らわすため、家では棒にカツラを引っ掛けて子供を驚かせたり、カツラを子供のベッドにこっそり置いて反応を楽しんだりしていた。リビングのサイドテーブルにはカツラスタンドが2つ並んで置いてあったので、生首が2つ置いてあるようで、その光景に慣れるのに時間がかかった。家ではカツラではなく帽子を被っていたので、私が家にいる時にはカツラはスタンドにかけられていた。夏になり、生首は3つになった。ショートヘアのカツラを新調したのだ。カツラを取った時に備えショートスタイルに慣れておこうと思ったからだ。だんだんとカツラに慣れてくると目が利くようになった。テレビに出ている人を見てはカツラではないかと疑いの目で見るようになった。電車に乗れば、つり革を持って立つ間、前のシートに座っている人の頭頂部をチェックしてしまう始末だった。カツラ疑惑の人は結構いた。高齢になれば女性も薄毛になりウイッグ利用は当たり前になってきているし、男性に限れば昔から育毛、増毛のCMは見ない日がないほど溢れていた。男性の頭頂部のハゲを見ながら心の中で「私は今禿げている。でもまた髪は生えてくるのだ」と優越感に浸った、というよりそうでも思わないとやりきれなかった。不幸は心を歪ませるのだろう、全身脱毛の広告を見ても、「全身なら髪の毛も脱毛するんかい」と毒突いていた。こんな心のうちは職場では話せなかった。週に2日、1日5時間のパートでは大して親しくはなれなかったのだが、遅番メンバーは優しい方々で居心地は良かった。私自身、7月の2泊3日の部分切除術をした時もパートの休みと重なったので手術の事は伏せていたし、9月に放射線治療に通っていた事も仕事に支障がなかったので伏せていた。こちらも心配はかけたくないという気持ちと大袈裟にしたくないという気持ちがあったし、職場の方々も気を遣ってくれていたのは間違いない。私は聞かれれば何でも話すのだが、突っ込んだ話は聞かれることはなかった。古い付き合いの知人にはざっくばらんに治療の話や色々なエピソードを話せるのだが、浅い付き合いでは難しく、まして総勢9名の女性の職場での立ち居振る舞いに慣れていなかった。

8月は放射線治療を9月に予定しているとはいえ、手術で採った細胞には癌細胞は無く、寛解（完治とは言い切れないものの、病状が治まっている状態）となり、あとは髪の毛が伸びてくるのを待つばかりの日々だった。その夏は東京オリンピックが開催された。東京都ボート協会の役員をしていた事もあり、オリンピックとパラリンピックのボランティアに登録していた。7月末のオリンピックの方は辞退したが、8月末のパラリンピックの方はボランティアとして参加することにした。髪の毛は高校球児の坊主頭状態だったが、自分でいうのもなんだが坊主頭もなかなか似合っていて、娘にも、

「ゴリンちゃんだね」

と言われ、東京五輪の時に頭が五厘なんて笑えるよねと話していた。とはいえ坊主頭で公の場に出るのはかなり勇気が必要だった。この時は、以前ボート教室で教えていた娘さんのお母さんにお世話になった。乳がんを伝えてからい

つも気にかけてくれていた方だ。オリンピックの方は一緒に活動出来なかったが、色んな情報を知らせてくれた。安心して参加できたのは彼女が側にいてくれたおかげである。パラリンピックはボート競技のフィールドキャストとして4日間参加した。海の森競技場へ行くと、知っている関係者も多かった。事前に乳がんを知らせていた方は元気になって良かったと喜んでくれたし、乳がんを知らなかった知り合いはさすがにこの頭にぎょっとしていた。初対面の方には「外国人かと思った」とも言われた。こうして人目を引く事に慣れていった。

職場でカツラをとるタイミングは悩みどころだったが、髪が2センチ位の時カツラが面倒くさくなりベリーショートで行こうと決めた。近所は帽子で出かけていたし、職場以外ではカツラをつけていなかった。短い髪もハードジェルで固めるとお洒落なマダムのようだった。これで背が高く手足が長ければお洒落のし甲斐もあったのだが、あいにく私はチビだった。ベリーショートで初めて職場に行った時は少し恥ずかしかったが、みんな特に私の髪型には触れずに一日が終わった。何か突っ込んでもらった方がこちらとしても気楽なのだが、

双方ずっと気を遣っていたので病気には触れない空気があった。遅番メンバーには、

「次はカツラをとってくるのでビックリしないでね」

と伝えていたので、それとなく他の人も知っていたのかもしれない。しばらくの間、ほかの部署の人達の視線が気になったが、みんな新しいパートが来たのだと思ったようだ。

それからは平和な日々が続き、年が明けスポーツジムにも復帰した。だんだんと病気前の生活に戻っていった。

3月末にパートの更新をして新年度を迎えた。そして職場の不穏な空気を感じた。社員の1人が体調不良でお休みが続いていて、どうも回復する気配がなかった。みんな彼女の話は避けているように思えた。遅番の社員さんが言うには、季節の変わり目に体調を崩しやすい方とのことだった。とても優しい方だったので心配になった。続いて夜シフトで一緒のパートさんもゴールデンウィークに入る前に、

「しばらく長期お休みをもらいます」

と家の事情で連休明けもしばらく休むことになるとみんなに報告していた。

その時は、5月中には帰って来てくれると安易に思っていたのだが甘かった。

その結果、遅番メンバーが1人変わってしまい、居心地の良い職場がガラリと変わってしまった。お休みしているパートさんはお孫さんもいる関西弁のおっとりした優しい方だったが、代わりに遅番に入ってくれたパートさんは私と同じ年のシャカシャカした感じのベテランさんだった。あまりシフトが一緒になることがなかったのだが、いつもバタバタ忙しそうにしている感じで、要するに私とは波長が合わなかった。まさか自分が人間関係で仕事を辞めるとは思いもしなかったが、だんだん職場に行くのが辛くなり辞めることにした。嫌な思いをした話を家でするようになり、主人にも電話で愚痴をこぼすようになったからだ。今まで失敗談はするものの、愚痴をこぼすことなどなかった職場だけに主人も、

「無理せず辞めてもいいんじゃない」

と言ってくれた。そしてこうも言った。

「辞めるなら次の仕事見つけてからにして」

と…

辞めると決めてチーフに5月で辞めたいと告げた。さすがにそれは急なので6月いっぱいで辞めることになった。チーフには、

「まだ気が変わるかもしれないからみんなには黙っているので、もう少し考えて」

と言われた。辞めるのは勿体ないとも言われた。確かに好条件のパートだったのだが、乳がんを患っていた事で何となく職場の人と壁が出来てしまったし、何よりカツラは脱げたものの猫を被ったままだったので、猫の被り物を早く脱ぎたかった。

主人に言われたこともあり、即刻就活を始めた。次に見つけた仕事は遊覧船のガイドの仕事だった。私は小型船舶二級の免許を持っていた。ボート競技のC級審判の資格もあり、大会で審判員をしていた際、モーターボートの運転ができる人が少ないということで数年前に取得したのだ。一昨年最初にパートを

探していた時に船舶免許の資格が活かせる仕事がしたいと考えたが、それらしい会社はパートの募集はしていなかった。コロナ禍で遊覧船は営業していなかったからだ。次の仕事を見つけるためネットを見ていると、その時目にした会社がガイドの募集をしていたのだ。我が家は新聞を取るのをやめていたので、今回はネットで検索し応募した。直ぐに電話があり、履歴書を持って面接に行った。古い雑居ビルの4階にその会社はあった。昭和の面影が色濃く残るビルで、前の職場とは対照的だった。遊覧船の仕事は金曜日の工場夜景クルーズ、土日祝日の午後3便の横浜港遊覧と夜景クルーズだけなので、週に3日しか仕事はなかった。

面接の際に、

「この仕事ではそんなに稼げないので、今のパートは続けた方がいいよ」

と言われた。以前は平日にも遊覧船を運航していたのだが、今のところはないとの事だった。この先観光客が増えたら平日も遊覧を始める予定らしい。また、雨や台風など悪天候の時はもちろん欠航だった。土日は自分の用事と重なれば仕事が出来る日数は減ってしまうし、お時給も最低賃金だったので今よりかなり低かった。辞めるとチーフに言ったものの、次の職場からは辞めない方がいいと言われてしまい、帰り道中どうしようかと悩んでしまった。翌日には採用の連絡がきた。5月の最終日曜が初出勤の日となった。あまりのとんとん拍子に自分でも驚いた。私は悩んだ結果、大学の仕事は辞めることにした。6月はダブルワークで忙しくなった。

お恥ずかしい限りだが、遊覧船ガイドの仕事は3か月で辞めてしまった。前述のように3か月といっても勤務できたのは20日もないだろう。見習い期間で見切りをつけてしまった。仕事の内容は、ガイド兼甲板員業務で、船の掃除や綱とり、乗船中は後方確認が主な仕事だった。きれいな仕事ではなかったが、ホースを巻いたり、海水を流したり、雑巾がけなど船の掃除は、ボート競技ボランティアには日常作業だったので苦にならなかった。ガイドの方も、昔結婚式の司会の仕事をしていた事もあり、人前で話すことには抵抗がなかった。

娘の小学校でPTAの役員をしていた時に、スクールゾーン協議会の司会を務めたことがある。地域の自治会長や警察、土木事務所、消防署の方々が集まって、子供達の通学の安全を話し合う協議会だ。その時に、私は我が自治会長の目に留まり〝ウグイス嬢〟の仕事を紹介してもらった。候補者は地元の女性市会議員の先生で自治会長の古い知り合いだった。選挙は無事に当選し、その後私はその市会議員の後援会の幹事として2期8年間、自治会長をはじめ後援会の方々と親しくさせてもらった。月に1度の定例会、駅頭やビラ配り、市政報告のお便り発送、新春の集いの司会等様々な経験をさせてもらった。全てボランティア活動なので自費で参加する行事ばかりだったが、ある時、当時国会議員の秘書をしていた後援会の方が、総理官邸見学会に私を含め5人を連れていってくれた。所謂〝ご褒美〟である。テレビでよく見る階段にみんなで並んで写真を撮った。

そんな経験もあり、ガイドの仕事は楽勝だと高を括っていた。昼間の遊覧は45分間のほぼ知っている名所の案内だったので何とか原稿も作れたのだが、夜の90分の工場夜景に関しては全くの素人だった。この会社にはガイドのマニュアルはなく、よく言えば自由にガイドが出来るのが売りだった。船長とガイドの2人で運航するところに見習いとしてしばらくの間乗せてもらって、仕事を見て覚えるように言われた。初日は私より1か月前に入った女子大学生のアルバイトの子に色々教えてもらった。

「大学生ならもっといいバイトあるよね?」

と聞くと、

「このバイトはブラックだけど就活で観光業界を目指しているので」

と教えてくれた。もちろん他のアルバイトもしていた。先輩ガイドは2人いて、元船長のダンディーなお爺様と、私とほぼ同じ年齢の女性だった。2人共ガイドの内容が豊富で、原稿などもちろん持たずに、遊覧中はずっと喋り続けていた。初めて練習で昼の遊覧をやらせてもらった時は、自分で作った原稿を見ながらになってしまったが、何回かやっているうちに何となくは形になってきた。問題は夜だった。7月、8月は週末台風が多く、欠航も多かった。それでも大学生のバイトの子は順調に工場夜景クルーズのガイドもやらせてもらっていた。私も8月中には何とかしなくてはと、かなりの時間を費やして原稿を作ったのだが、その原稿が日の目を見ることはなかった。

予てからベテラン女性ガイドは私に手厳しかった。大学生に対する態度と私に対する態度は、誰が見ても違って見えるくらいあからさまなものだった。本人曰く、私は結婚式の司会もやっていたし、船舶免許も持っているので教えなくたってできるはず、まして〝いい年のおばさん〟なんだから一般常識があって当たり前、大学生とは違うとの事。〝おばさん〟は〝おばさん〟に厳しいのである。

昼のガイドに慣れてきたある日のことである。年配の御夫妻のお客様が下船の際、

「さっきの流れるようなガイドは君だったんだね」

と、笑顔で声をかけてくれたことがあった。

「ありがとうございました」

と、声をかけてもらった事がうれしくて満面の笑みでお見送りをした。しばらくして乗船していたお客様がいなくなると、ベテラン女性ガイドが私の所にやってきた。

「さっきのお客様、流れるようなガイドって言ったよね。ガイドが流れるってことは頭に残らないことだから良くないってことだから」

と、わざわざ言いに来た。私は、「よかったね」的なことでも言ってくれるものと身構えていたので、まさかのダメ出しにフリーズしてしまった。厳しい指導？　である。

私もいい加減な気持ちでやっていたので何も言えないのだが、安い時給でここまで要求されるのは馬鹿馬鹿しいと思ってしまった。ちょっとした失敗を鬼の首を取ったように注意されることも何度かあり、前の職場を辞めるきっかけになったパートさんの姿が蘇った。私には同世代のおばさんを不快にさせる要素があるようだ。

8月に入り、心に余裕ができた頃、ひょんなことから、フェリー会社の社員向け賄い作りと売店の軽食を作る仕事を引き受けた。遊覧船の職場で一緒だったチケット売り場のパートさんが、

「人がいなくて困っている仕事があるけど、やってみない？」

と、紹介してくれたのだ。私が前の職場は人間関係で辞めたと言うと、

「この仕事は一人で好きな料理がつくれるし気楽だよ。みんな何でも美味しかったって言ってくれるし」

と言った。ネックは通勤時間が1時間半かかる事と、夜は9時半までの勤務だということだ。それでも平日は暇だったので口をきいてもらい面接に行った。直ぐに採用になり、8月中旬から、遊覧船ガイドと並行して勤務することになった。


次の職場となったのは、横須賀と九州の間を運航するフェリーターミナルで、昨年オープンしたてのピカピカの建物だった。職場が両極端で少し可笑しかった。大学の新校舎も素晴らしかったが、こちらも同様に掃除が行き届いた綺麗な館内だった。厨房は2階にあり、設備は狭いながらも整っていたが、あくまでもロビーの売店のメニューに対応した造りになっていた。

面接の際、課長代理に聞いた話によると、社員の人達は独り者が多いので、「夕食には家庭料理を食べさせたい」というのが所長の希望とのことだった。

十二、三人分の食事なので、大家族の食事と変わらないと思った。ただ、やってみないと分からないので8月は仮契約にしてもらった。

8月最後の日曜日にベテランおばさんガイドと一緒に仕事をして、何度かダメ出しをくらったものの、帰り際にはアドバイスも色々もらった。親切なのか、意地悪なのか分からないが、関わるのが嫌になり、翌日事務所に辞める旨を伝えに行った。見習いで終わってしまい申し訳ない思いだった。

この頃はダブルワークが当たり前の感覚だった。結局遊覧船ガイドの仕事を辞めてしまったのでダブルワークは半月ほどになった。

調理の仕事は、やってみたいと思っていた仕事のひとつだった。以前働いていた近所の社員寮での仕事は調理補助だったので、自分で作ってみたいと密かに思っていた。というのも、寮母さんが決まらない間代行さんを頼んでいた時期があった。私が働きだした最初の一か月は代行のおじさんと厨房を任された。ある朝厨房に行くと珍しく代行のおじさんが来ていなかった。待てど暮らせど来ないので、調理師免許もない私が朝ごはん二十人分を作ったことがあった。時間が限られた中で段取り良く調理することがシェフになったみたいで心地よかった。おじさんは脳梗塞で倒れていた。来ない事を心配し部屋を訪ねた社員さんが発見したそうだ。意識はあったらしいが、救急車で運ばれその後どうなったかは教えてもらえなかった。和食の料理人だったそのおじさんは、盛り付け方や、野菜の切り方等、プロの技を色々教えてくれた。背が高く、のらりくらりとした気さくな独り者だったが、料理に関しては繊細で、決められた献立を作るだけの仕事はつまらなそうだった。ひと月も経つと時間がある時には世間話もする仲になっていた。おじさんのお陰で我が家の料理が見違えるほど美味しそうに見えるようになった。味は別だが…。そんなこともあり、主婦の経験を活かせる調理の仕事に乗り気だった。

賄い作りの仕事は最初の2日間はもう1人の若いパートさんと一緒で、手伝いながら要領を教えてもらった。彼女はまだ23歳の新婚だったが手際よく料理する姿は頼もしかった。昨年このフェリーターミナルオープンの際、ご主人の転勤で一緒に秋田から出て来たらしい。職場結婚なので元は彼女も社員さんだった。ご主人も25歳で、この支店では若手社員だった。フェリーが出航するのは真夜中で、社員さんは24時半まで勤務しなければならないため夕飯はしっかりと食べないと夜の仕事に差し支える。まして社員さんは新しい支店オープンに伴い、北海道、秋田、新潟などから呼び寄せられたので、独身あるいは単身赴任の人ばかりだった。面接の際独り者が多いと聞いていた意味が分かった。メニューを考えるのは少し大変だったが、好きな献立が作れる喜びが勝っていた。家族に料理を作る機会が減り、ただ単純に料理がしたかった。夕食の時間は5時から7時で、皆さん交代で食べるのでそれぞれのタイミングで配膳していた。フェリー乗り場のロビーの売店は夜8時からの営業だったので、夕食の片付けをしながら、売店で売るカレーパンやホットドッグの準備をした。売店で提供しているスナックは、カレーライス、そば、うどん、から揚げ定食があり、その作り方も教えてもらった。この2日間は覚える事が盛り沢山でさすがに疲れた。私の勤務は15時から21時半までだったが、彼女は23時までの勤務だった。売店の営業時間が23時までだからだ。ご主人も夜中まで仕事なので、

2人が家で落ち着くのは夜中の1時過ぎで、それからお風呂や一杯飲んだりしているると寝るのは朝の4時になってしまうらしい。昼夜逆転生活を余儀なくさせられて可哀そうな気がした。

「まだ若いから別のもっと楽しいパートがいっぱいあるよ」

と言うと、

「ほんとはこっちで事務の仕事をやりたかったです」

と教えてくれた。ご主人に頼まれたのと元社員だということで断れなかったようだ。猫の手も借りたい状況なのかもしれない。母親と同世代の私にいっぺんに教えてはくれたものの心配だったようで、作業メモを作って残してくれた。おかげで随分と助かった。彼女とはその後は会うことはなかった。

独り立ちしてからは、翌週の献立を考えて、必要な材料を社員さんにメモを残し発注してもらい、月曜日か火曜日に業者さんが食材を届けてくれて冷蔵庫で保存。私は、厨房に着いたら冷蔵庫の中の食材で料理を始めるといった具合だった。取り掛かる時間を献立によって多少調整はしていたが、ほぼ時間通りに出来上がるのが自分でも不思議だった。この仕事は向いていると思った。8時になると下の事務所から社員さんが1人売店担当として2階に上がってきてくれた。社員さんはレジ担当で、私が調理担当になっていた。大抵来るのは若い女子社員さんで娘と同年代かもっと若かった。1人で黙々と料理を作り、片付けをして一息ついたころに社員さんが来るので、ちょうど話し相手ができて嬉しかった。聞いていた通り、

「美味しかったよ」

と言ってくれた。夕食の前にばったり会った時には、

「今日のメニューは何？」

と楽しみにしていてくれた。

売店の混み具合はまちまちで、そば、うどん、から揚げ定食がばんばん出る時もあれば、ほとんど売れない日もあった。暇な日は立ち話をしていたので、2、3人の社員さんとは親しくなった。若い世代は〝おばさん〟に優しいのである。そんな楽しいひと時もあったのだが、さすがに6時間ほぼ立ちっぱなしはけっこう堪えた。

フェリーターミナルは最寄り駅から歩いて15分はかかった。家に着くのは11時頃になってしまうので、駅までの帰り道はもっぱら主人との電話タイムとなった。大抵はその日のメニューとその出来ばえ、料理に関する話やその日の出来事を話した。電車は必ず座れたので時間はかかったが楽だった。それにしても、パートに往復3時間かけて通う人はなかなかいないようで、

「もっと近くにいい仕事いっぱいあるよ」

と、娘をはじめ何人かの知り合いに言われていた。時給も特に良いわけではなかったからだ。社員ならともかくたかがパートである。いろいろ考えた結果、10月のシフトを決める段階で辞める決断をした。この職場は仕事も人間関係も申し分なかったので後ろ髪を引かれる思いもあったが、やはり遠すぎた。

8月に入った頃、遊覧船ガイドの仕事だけでは収入が見込めないと思い、平日の仕事を探していた。ひょんなことからフェリーターミナルの仕事を引き受けたが、その前に応募していた仕事が一つあった。スポーツイベントのアシスタントの仕事で、不定期のものだった。ネットで応募すると連絡があり、8月

末にZOOMで面接をして採用になった。採用といっても派遣会社に登録しただけで、仕事は斡旋してもらうというものだった。9月に入ると仕事のオファーがいくつかあった。どれも勤務地が遠い案件ばかりだったが、10月の案件で都内の仕事があったのでエントリーすることにした。結果は2週間待ちだった。

9月中旬に賄いの仕事を辞めると決めてから今後について考えた。何故か夜の仕事が続いていたので、主人にも「昼の仕事に限定して探してみれば」と言われていた。最初の大学の事務の仕事も、採用の際には昼の仕事の方が中心と聞いていたが、蓋を開けると私のように子供が手のかからない年代の人や独身の人が何となく遅番になってしまう。遊覧船ガイドも昼の遊覧だけではお金にならないので夜景クルーズまでこなさなくては仕事にならない。賄いの仕事も、私が夜のパートも出来るのが分かって紹介してくれたものだ。夜のパートが出来る人は限られているのだと思った。今度は昼間限定の仕事を探してみようと思った。ありがたいことに、希望していたスポーツ関連の派遣の仕事のオファーもあり、9月末にはエントリーした4日間の都内の仕事も決まった。どちらも昼間の仕事だった。10月からは派遣の仕事を細々続けようと思っていた時、近所の女子寮の賄い募集の求人広告をネットで見た。

その女子寮は名のある実業団の陸上部だった。市民ランナーの端くれの私でも知っているチームで、まさか家の近くに寮があるとは知らなかった。女子寮は電車で2駅、自転車で30分の距離だった。主人には次は昼の仕事にすると言った手前言い辛かったが、その女子寮が名のある実業団の陸上部と伝えると

「えーっ、すごいじゃん。そのチームにはトップ選手がいるよ。会えるんならやってみてよ」

と大賛成してくれた。主人の方が情報ツウで、そのチームに最近移籍した有名ランナーがいることを教えてくれた。その仕事は15時半から20時半までの勤務でまさに夜の仕事だった。結局また夜の仕事になってしまうと思う気持ちより、有名ランナーに会えるというミーハーな気持ちが勝ってしまった。早速応募すると、面接の日が決まった。数日後、履歴書を持って面接を受けに出かけ

た。私の履歴書の職歴欄は凄いことになっていた。
面接官は30代の女性で、私の履歴書を見て質問したのは、大学を出て就職した大手銀行を7か月で辞めてしまったのは何故かということだった。今更なんでそんな昔の事を聞くのか不思議だったが、その後会計事務所で働いていたので、「税理士を目指そうと思って」とあながち嘘とも本当ともとれる返答をした。

実際のところは銀行の空気になじめなかったのが一番の理由だ。本音と建前がまかり通る職場だと思った。上司の前ではペコペコするくせに陰で上司をぼろ糞に批判する人、お客の前でだけいい顔するなど、要するにこんな人間にはなりたくないと思う人が沢山いた。そして、お金のためだと割り切るには私は幼すぎた。それでも当時は新入社員が辞めるとなると一大事だった。私の指導員と課長には散々説得されたが意志は固かった。そこで銀行ならではの本音と建て前を利用し、支店長には「結婚退職します」と伝えた。支店長直々に呼び出された。何故か支店内ではなく喫茶店だった。おそらく私の本音を聞きた

かったのかもしれない。だが時すでに遅かった。総務課に呼ばれた時には、定年間近の大先輩の女性行員に、

「あなたまだ一年経ってないから結婚祝い金は出ないわよ」

と言われ、書類に結婚相手の名前まで書かされた。支店の中は噂話が広がるのも早い、どこまでみんな知っているのか分からなかった。同じ課の人や同期の人達は事情を知っている中、最後はみんなに花束までもらって支店を後にした。寿退社が当時の王道だったので、上司になるべく迷惑かけないように採った策だったがバレバレだったかもしれない。書類上は問題なかったと願っている。


走馬灯のように30年も前の事を思い出してしまったが、昔から性格は変わってないとふと可笑しくなった。面接は料理の話に変わって、前の職場で調理の仕事にやりがいを感じた話などした。

「調理師免許を取るといいですよ」

とアドバイスをくれた。免許があれば仕事の幅が広がるとのことだった。面

接の翌日ではなかったが、しばらくして採用の電話をもらった。

人生最初の就活は失敗に終わり7か月で退職となったが、2度目の職場、会計事務所は正解だった。結婚するまでの7年間お世話になった。今回の就活はパートとはいえ波乱万丈、乳がんは想定外の出来事だったが、就活自体は合格続きだった。応募した会社はほぼ採用になった。正解はまだ分からない。だが、履歴書を書く事に飽き飽きしたのでここら辺で一旦就活は終わりにすることにした。

祖母の贈り物

8月も終わるというのに猛暑は続きうんざりしていた。57歳で介護離職をした主人も今年還暦を迎えた。数日前に、主人は何とか見つけた再就職先を辞めると言ってきた。4月に職場の異動があり、親しくなった同僚もバラバラになり、シフト調整も難しい部署になってしまったのだ。新しい部署は居心地が悪かったようだ。2年間ではあるが今までとは全く違う仕事をよく頑張ってくれたと思いながら、この先どうなるのだろうと考えていた矢先携帯にメッセージが届いた。

「凄まじいストレスの中生きていたから円形脱毛症が再発した」

と。

次女からである。次女は大学を卒業後、女航海士となり自動車運搬船に乗り2度目の航海の真っ只中、オークランドから連絡してきた。

最初の航海は7か月で世界を1周いや2周して終わった。半年以上の休みをもらっての2度目の航海だ。1度目は完全に補助員の役割で何もかもが新鮮だったわけだが、今回は責任あるポジションを任されるということで不安のなか乗船した。5月に乗船して3か月、頑張って無理していたのだろう。

大学1年の終わりごろ最初の円形脱毛症を発症した。次女は長女以上に弱音を吐かず溜め込む性格のようでギリギリまで我慢してしまうのか。その時は近所の皮膚科では埒が明かないので総合病院の専門外来を受診した。私も円形脱毛症の知識がなくあたふたした。これは一大事と、子供が小さい頃から子育ての相談に乗ってもらっていた年配の知り合いに話を聞いてもらうと、

「娘さんの話をちゃんと聞いてあげないと駄目ですよ」

と言われた。弱音はちゃんと吐いておかないといけない、吐く場所を作ってあげないといけないと反省した。


我が家はみんな愚痴や弱音をめったに吐かない。吐いたとしても我が家は真剣には受け止めるが軽く受け流し笑いに変えてしまう。私自身泣き言が嫌いなわけだが、おそらく祖母の影響を強く受けている。明治生まれの祖母は東京の下町で育った。大正15年生まれの父の出生地は「東京市浅草」と戸籍に記載してあったので、おそらくその界隈で暮らしていたようだ。小さいころから洪水や関東大震災、空襲などを経験してきた祖母は、

「ないのがいいよ、気楽でいいよ」

とよく言っていた。何度も家を失った人の言葉故重みがあった。天災や人災

を受け入れるしかなかった当時の下町の人々は、やるせない思いを、身近に起きる些細な出来事を笑いに変えることでやり過ごしてきた。祖母から聞く昔の話は、大変な目に遭いながらもクスッと笑えるエピソードで締めくくられていた。関東大震災の際には父親の法事でお寺の本堂にいたそうだ。祖母が言うには、

「ドン、と最初の揺れが来た際、住職が「逃げろー」と叫んだんだよ、大勢の人が慌てて逃げ惑うなか、おっかさんは風呂敷の上にあった香典を見事な腕裁きでさらうように持って「急げー」と言って逃げたんだ。その後あっという間にゴーッという音を立てて本堂が崩れ落ちみんな命が助かったんだよ」

と話してくれた。そのあと近所の人に運よく拾ってもらい、船で小名木川を渡って千葉の方へ逃げたと聞いている。

明治の女はしっかりしているというのは本当だ。数々の苦難を乗り越えてきたのは間違いない。私はそんな祖母の話を聞いて育ったせいか何が起きても何とかなると変な自信が身についている。この性格は確実に娘達に受け継がれている。

９月に入り船が日本に戻った際、少しだけ次女に会うことができた。見た目は元気そうで安心した。

「パパは病んで会社辞めることになった」

と明るく言うと、びっくりして、

「マジですかぁ〜、まあ無理して働かなくても良いんじゃない」

と笑っていた。60歳の父親も職場に馴染めず苦労したことを知って、少しは心が軽くなったのではないか。再び自動車船に乗り込みあっという間に日本を後にした。

富士登山競走

富士登山競走

10年以上挑戦しているレースが富士登山競走である。富士吉田市役所からスタートして山頂を目指して一気に駆け上がる山岳レース。40歳でランニングを始めて唯一完走出来ないレースで、とうとう57歳になってしまった。40代前半は多少の無理も効いた身体も50歳を過ぎると故障の繰り返しで、疲れは取れない、ケガはなかなか治らずリハビリの繰り返し、と情けない日々。初めてエントリーした時は郵便振り込みで申し込んでいたが、数年後にはネットでの申し込みに変わり、当時ＰＣとは無縁の生活をしていたためエントリー出来なかった苦い思い出もある。それ以来、主人がエントリーしてくれるようになった。ランニングブームも重なり、近年はエントリー開始15分位で受付終了になる人気のレースになってしまった。ここ何年かは主人と娘と私のスマホを使い、３台体制でエントリーに臨んでいる。長きにわたって参加しているため我が家の年中行事の1つとなってしまった。小学生だった2人の娘も社会人になっている。毎年7月の最終金曜日に開催されるこのレースのために、主人は毎年会社を休んで車で迎えに来てくれる。子供達も何度か主人と一緒に来てくれたこともあり、帰りに「吉田のうどん」を食べて帰ることが定着した。この「吉田のうどん」はコシが強い麺で有名で、初めて食べた日は完食するころには顎が悲鳴をあげた。

「こんな饂飩は食べたことない」と主人は大変気に入ってくれ、毎年のお迎えの楽しみになった。その結果、何年も進歩しない私の走りに対し私の顎は年々強くなった。

偶然の出会い

子供達が小学生の頃、家族で富士登山ご来光ツアーに申し込んだ。昼頃五合目から出発し、八合目で一泊して早朝山頂を目指しご来光を見るというもので、本格的な登山は初めて故、安全のためツアーに参加することにした。この日のために、シューズやリュック、ヘッドライト等々山岳グッズを買いに出かけた。念入りに準備を済ませ自家用車に乗り込み、富士吉田口五合目に降り立った。ピカピカの登山ファミリーである。集合場所に行ってみると、ツアーの方々の中に小学生は我が家だけだった。ちょっと不安になりガイドさんに、

「小学生なのですが、山頂までいけますか？」

と聞くと、

「高学年のお子さんは結構山頂までいけますが…」

そしてうちの子たちを見て、

「ちょっと厳しいかも」

と言われた。うちの娘達は2、3年生で挑戦するには少し早かった。

それでもみんなにくっついて出発した。ペースはとてもゆっくりだったので、子供達も充分ついていけた。平らな道を歩き坂道を上り始めた時、

〝だっ、だっ、だっ、だっ、〟

と上から走って下りてくる人がいた。ランニングシャツに短パンで砂まみれ

だった。

「あれっ、イシイ君？」

と声をかけると、そのランナーは立ち止まってこっちを見た。

「えーっ、こんなところで会うなんてびっくり、なにしてるの？」

と聞くと、

「富士登山競走っていうレースに出たんですよ！　めちゃくちゃ疲れた、きつかった」

と言って、一番下から山頂まで一気に登って下りてきたと話してくれた。よく見ると顔も汗と砂まみれだったが、きらきら輝いて見えた。これが富士登山競走との出会いである。初めての登山の日がレースの日にかさなったのと、同じランニングチームの唯一の大学生のイシイ君に偶然出会ったことに運命を感じたのだ。

イシイ君は元陸上部で、私と同じ時に公園でスカウトされランニングチームのメンバーになったこともあり、気さくに話ができる間柄だった。私は、初めて出た横浜マラソン10キロコース、40代女子の部で2位になったことがある。

これはみんなに報告しなくてはと、日曜の午前中に公園へ出かけた。だいたいメンバーは、昼前に各自練習を終え、公園のおきまりの場所に集まって情報交換などをしていた。ちょうどイシイ君がいたので、

「私、40代の部で2位になっちゃった」

と言うと。

「ぼく、10代の部で1位になっちゃいました」

と照れ臭そうにいった。

「すごっ」

「僕もびっくりですよ」

イシイ君はハーフマラソンの部だった。2位になって自慢しようと思っていたが、上には上がいた。それでも2人して表彰状とメダルをもらえた事をよろこんだ。ビギナーズラックとはいえみんなに褒められた輝かしい思い出がある。

立ち話を続けたかったのだが、ツアーのみんなとの距離がだんだん広がり、イシイ君と別れ駆け足でツアーの後ろに付いた。途中何度も休憩しながらゆっくり登ったので、八合目の山小屋には無事到着し、カレーライスを食べ寝袋で

仮眠した。が、2時頃起こされた時には子供達の元気はなく、そこでリタイアとなった。八合目でご来光を見て下山した。

初挑戦

富士登山競走には五合目コースと山頂コースがある。最初の富士登山競走は五合目コースに挑戦することにした。

山頂コースにはいくつか関門があり、五合目を2時間20分（現在は2時間15分）で通過しなくては先へは進めない。足切りである。まずは2時間20分を目標にレースに臨む事にした。距離は15km、高低差1480メートル、のコース。その頃は練習で毎日5～10キロ走っていたので平坦な道なら15キロは1時間半もあれば余裕だと思った。ところが、登りの練習を始めたところ、傾斜にもよるが倍以上の時間がかかることが分かった。これはレースの前に試走に行った方がいいと思い、始発電車で富士吉田駅（現在は富士山駅）に向かった。スタート地点もゴール地点も確認しないまま、駅のロッカーに荷物を預け、軽装で五合目に向けスタートした。

駅からは一本道を上り、突き当たりを左折すると右側に浅間神社が見えてくる。その中を抜けるとほぼ一本道で、ひたすら上へ上へと道は続いていた。キョロキョロしながらも舗装道路は傾斜も緩く、木陰が多く空気もカラッとしていて走りやすかった。普段は街中を走っているので、自然の中を走るのは気持ちいいと初めて感じた。舗装道路の終わりにお茶屋さんがあり、そこからは山道が続く。富士山も五合目より下は普通の山と同じで木が生い茂っていて涼しかった。しばらく登ると馬返しに到着した。ここからは車も入れない本格的な登山道に入っていく。昔は、登山する人々は馬でここまで来て、ここから富士登山をスタートした。馬はここで麓へ引き返したので「馬返し」と言うらしい。ここからは走る場所はほとんどなく、斜面をひたすら登っていった。佐藤小屋が五合目の目印で、何とか昼過ぎに到着した。山開き前なので人はいなくて少し不安になったが、付近を散策すると作業をしている人達が数人いた。人がいたらいたで、「このおばさん何やってるんだ」と思われそうで恥ずかしくなった。とりあえず駅から2時間半で到着出来たので、本気でいけば2時間20分で完走できると思った。しばらく休憩して下山を始めた。この下山が大変だった。思いっきり登ったので足に疲れがたまったのと、下山に慣れていなかったため、かなり時間がかかった。下山中、何人か富士登山競走の練習とおぼしき方とすれ違った。やっと舗装道路に出た時には、歩くのがやっとの状態で、駅まで歩いたら日が暮れてしまうと心配になった。そこへ1台の車が上から下りてきた。

「駅の方へ行くので乗って行きますか？」

と声をかけてくれた。神の救いだと思った。どうやら私が下山中にすれ違った方だった。馬返しに車を止めて練習に来ていたとのことだった。その方は、富士登山競走の常連の方で、地元の消防署に勤務していると教えてくれた。今年も山頂コースに出るんだと元気よく話してくれた。時間が空くと練習に来るらしく、私のような疲れ切ったランナーの下山を助けたことが何度かあると言っていた。私も、初めて五合目コースに挑戦するので試走に来たと伝え、ランニングを始めたばかりでレース経験があまりないと話すと、

「僕、富士登山競走のスタートの掛け声やるので、ぜひ見に来て下さい」

と言われた。

「スターターですか？」

と聞くと、

「富士登山競走ならではのスタートなんですよ、おもしろいですよ」

と教えてくれた。かれこれ駅まで20分くらいだったと思うが、二人目か三人目か忘れてしまったが、最近子供が生まれた話もしてくれた。

「必ずスタート見に行きますね」

とお礼も言って駅で車を下りた。〝ランナーに悪人なし〟ランニングを始めてから感じていたことを改めて実感した。


試走も無事にこなし、レースを迎えた。私は前泊することにして、大会委員会に宿の手配を頼んでいだ。民泊である。私は一番安い〝相部屋〟を申し込んでいた。生まれて初めて赤の他人と一緒に寝る事になった。レース前日、富士吉田駅からバスが出て、参加者を乗せて何軒かの宿を回りランナー達を順番に降ろしていく。その後何年か利用したが、同じ宿になることはなかった。このサービスもネット受付になるころには無くなってしまい、前泊する宿は自分で見つけなくてはならなくなってしまった。民宿に着くと2、3人ずつバスを降りていくわけだが、バスの中には女子はほとんどいなかった。宿でも女子は1部屋だった。夕飯の際見たところ、男性陣は年齢も幅広く、見た目で、山頂コースの人と五合目コースの人の見分けがついた。相部屋のメンバーは全部で4人、うまい具合に20代、30代、40代の私、50代と揃っていた。どうなることかと心配していたが、同じ目的で集まっているので話が弾んだ。3人は皆独身だった。30代の方はすでに山頂コースを完走したことがある方で、装備品もバッチリでかっこよかった。あとの3人は五合目コースで、なんとなくのんびりしていた。女同士世間話も弾み、50代の方が、

「この間家で具合が悪くなって大変だったのよ、なんとか這って電話までたどり着いて妹に電話して来てもらったのよ」

と、少し前に家で倒れた時の話をしてくれた。

「独り暮らしなんですか？」

「そう、初めて怖いと思った。まだ動けたからよかったけど、動けなかったらどうなっていたかと思うと…。しばらくは不安でよく眠れなかったわ」

「救急車は呼ばなかったのですか？」

「救急車ももちろん呼んだんだけど、戸締りとか色々心配で妹にも来てもらったんだ。」

大事には至らなかったが、少し入院したと教えてくれた。妹さんが近くに住んでいたので助かったと言っていた。独身の2人に向け、

「やっぱり、結婚した方がいいわよ。独り暮らしも自由でいいけど何かあった時にはやっぱり誰かいてくれると安心だよ」

とアドバイスしていた。20代の方はフムフムと聞いていて、30代の方は、

「うちは、両親と姉の4人家族で、趣味に仕事に充実してるから今の生活は変えたくないなあ」

と言った。見るからに充実しているオーラがあった。こういう人生もいいなぁと少し思った。

レース当日の朝は、宿からスタート地点までは車で送ってもらえるので大助かりだった。後に自分で宿を取ることになった時、この有難みを痛感する。五合目コースのスタートは9時、山頂コースは7時である。宿の方は、早便と遅便に分けてランナーを送ってくれた。私は山頂コースのスタートを見るために早便に乗ってスタート地点である富士吉田市役所へ行った。

大勢のランナーの中からお世話になった消防士さんを見つけ、なんとかお礼を言うこともできた。いよいよスタートとなった時、消防士さんがスタート台に上がってきた。どうもその消防士さんは毎年恒例の掛け声担当だったみたいで、大きな歓声が上がった。

「山頂コース、完走するぞ！」

「えい　えい　おー！」

「えい　えい　おー！」

「えい　えい　おー！」

と大きな声を発し、拳を3回突き上げた。どうやらお決まりの掛け声だったらしく、ランナー達も大きな声で賛同し気合いを入れたようだった。まさにこれから戦に行くかのように感じた。私もこのスタートラインに絶対立つんだと心に誓った。そして、富士登山競走の顔ともいえる消防士さんと知り合えた事にも、このレースに運命を感じた。

さて、私の五合目コースの結果はどうだったのかと言うと、完走はできたものの2時間20分には間に合わなかった。原因としては、スタート地点である富士吉田市役所の位置を確認できていなかった事である。試走の際、富士吉田駅とスタート地点の市役所はそんなにはなれていないと思っていたので、駅からのコースの下見しかしていなかった。実際は、スタートしてから富士吉田駅付近までは緩やかとはいえ上り坂で、10分近くかかってしまった。駅からこんなに遠かったとは…詰めが甘かったと反省した。

富士山登頂

初レースの後、富士登山競走にすっかり魅了された私は独り富士登山を決行した。新宿駅から富士山五合目までの高速バスを予約した。新宿駅を7時頃出発すると10時過ぎに五合目に到着するバスがあり、日帰りで山頂まで行って戻れると考えた。帰りのバスは予約せず出かけた。富士山は山開きからシーズンが始まり、2か月位しか登山できない。プロの方は別として、山小屋や救護所が閉まっている時はやはり登山は危険だと思った。バス乗り場には沢山の登山者が集まっていた。皆さん数人のグループで来ていた。独りで来ているのは私ぐらいかなと思って指定席に座ると、隣に座った方も単独で登山に来た方だった。まだ八合目より上に行ったことがなかった私は不安もあり、隣の方に声をかけた。その方は富士山は初めてではなく、色々と教えてくれた。日頃から鍛えているらしく、筋トレの話やランニング、トレラン等今迄出たレースの話をしてくれた。年齢は私と同世代、マッチョさんである。マッチョさんは、「山頂までは2時間半位でいけますよ、下りは1時間半くらいかな」と言った。

「初心者でもいけますかね？」と聞くと、

「鍛えているから大丈夫でしょう」と言ってくれた。大目に見ても五合目を4時発のバスで新宿まで帰れると安心した。

そしてバスは五合目に到着した。嬉しいことにマッチョさんは、

「せっかくだから一緒に登りましょう」

と、声をかけてくれた。

「いいんですか？　ペースが遅いかもしれないし、ご迷惑かけるかもしれませんが」

「大丈夫、大丈夫、一緒に行きましょう」と言ってくれた。そして帰りのバスも余裕をもって、一緒に4時発の新宿行の切符を購入した。私はランニングスタイルに着替え、荷物をロッカーに預けた。マッチョさんは慣れているようで、初めからランニングスタイルで来ていたので荷物を預けることなく一緒に登り始めた。私は山頂へ行くというハイな気持ちでスタートしたので、ペースの方もハイペースだった。途中何度か立ち止まって水分補給をした。マッチョさんは腕時計に心拍数が出るらしく、決して無理せず登っていた。最後は私の方が元気な位で山頂に到着した。山頂には沢山人がいたが、ベンチで少し座って休憩できた。せっかく初めて山頂まで来たのだが、私の関心は富士山というより富士登山競走にしかなかったので、10分位滞在して下山することにした。

1年前に家族で八合目から下山を経験していた。下山は砂利道をジグザグに折り返し下りていくのだが、その時はリュックも重かったせいもあり、砂利に足をとられ何度もしりもちをついた。案の定下山が始まると、マッチョさんと私のスピードは明らかに違い、マッチョさんは3回折り返すごとに私を待つ羽目になってしまった。私を心配してのことだが、申し訳ないので、

「せっかくペースよく走っているのに止まってしまうのは悪いから、先に下りて途中休憩していてください。私はゆっくり下ります」

と言うと、

「じゃあ適当なところまで先に下りていますね」

と言ってリズムよく下って行った。私も頑張って下って行った。下山道は見通しが良く、途中分岐点がある。八合目辺りの山小屋がその分岐点で、マッチョさんはそこで一旦止まって私を待っていてくれた。私の姿を確認すると、先に行きますねと合図をしてまた下っていった。すぐに私も分岐点に着き〝あれっ〟と思ったが時すでに遅かった。1年前にツアーに参加した際、ガイドさんが、

「山梨、富士吉田、吉田ルート、皆さんこれだけは覚えてください」

と何度も言っていた。そう、マッチョさんは須走ルートを下って行ったのだ。須走は砂利というより砂場なので下りのスピードはかなりのもので、あっという間にマッチョさんの姿は小さくなっていった。声をかけようにも、下りてまたここまで戻るのは不可能だと思った。米粒になってしまった後ろ姿は一生忘れることはないだろう。こんな形でサヨナラするとは…。そういえば名前もちゃんと聞いてなかった。ランナーあるあるである。ツアーの経験があり、私はマッチョさんの後を追わず無事に富士吉田口五合目に下山した。思ったより早かったので3時にバスに変更して帰ることにした。マッチョさんは4時の切符を無駄にすることになってしまったが、荷物を預けてなかったので、須走口から無事に帰宅しているだろうと思った。お世話になったのにお礼も言えず、今でも気になっている。

帰りのバスでは眠ってしまい、新宿でバスを降りると頭痛がした。疲れたのか高山病か分からなかったが、ラーメンでも食べて帰るつもりだったが諦めて電車で帰宅した。翌朝目が覚めると身体が固まっていて、起きようとすると身体のあちこちに痛みが走った。特に酷かったのは肋骨の周りで、くしゃみをすると響くし、立ったり座ったりも辛かった。登りに下りに全身を酷使したのだと改めて実感した。

北丹沢12時間山岳耐久レース

富士登山競走のエントリーがネット受付のみに変更になった年の事である。待てど暮らせど、富士登山競走大会委員会から案内の手紙が届かなかった。さすがに不審に思い、大会委員会に電話をしてみた。そこで初めて案内の郵便発送がなくなり、ネット受付のみになったと知らされた。その頃は、一度レースに出ると翌年にはレースの案内が郵便で届いていた。同封されている振込用紙でエントリー料を振り込んで受付を完了していた。慌てて主人にパソコンでエントリーをしてもらうが時すでに遅し、エントリーは終了していた。練習をしていた私を見ていた主人は、

「なんか別のレースでも探してみる？」

と言ってレースの検索をしてくれた。

「これどう？　富士登山競走と同じ頃だし、丹沢だから近いんじゃない？」

「どれどれ？」

パソコンの画面には〝北丹沢12時間山岳耐久レース〟の案内があった。

「さすがに12時間は無理じゃない？」

「何言ってるの、これから富士登山競走の山頂を目指すならこれくらい出ておいた方がいいよ」

「そうだねー、せっかく練習してきたんだから挑戦してみるわ、12時間あれば完走できそうだし…」

という事で、私は北丹沢12時間山岳耐久レース、通称〝キタタン〟に出ることになった。

早速ランニングチームのトレラン経験者の友達に、

「今年は富士登山競走のエントリーに失敗し、代わりに〝キタタン〟に出ることになっちゃった」

　と伝えると、

「えーっ、それマジ大変ですよ、山で練習しないと完走厳しいですよ」

「登りの練習だけじゃ厳しいかね？」

「〝キタタン〟は登り下りの繰り返しだし、42kmとはいえフルマラソンとはわけが違いますよ」

　と笑って言われてしまった。まだ3か月の練習期間があったので、トレランの練習を始めた。

　主人に友達との会話を伝えると、下見に行ってみようということになり、休日丹沢方面に出かけてみた。地図を片手に山の中に入り、車で行けるところまで行ってみた。車の入れない細い登山道の入り口で車を降りた。主人は、車を移動しなくてはいけなくなる状況を見越し車で待っていることにした。

「とりあえず、ここから登って、尾根の辺りまで行って戻ってくるね」

「昼寝でもしてるから、ゆっくり散策して練習してきて」

　と言われ、

「じゃ、よろしく」

と言って私は山の中へ入っていった。最初のうちは道らしきものがあったが、途中から道なき道をとりあえず上へ上へと登っていった。草木が生い茂ってはいるが、尾根の辺りは明るく見えていたので、登りきれば道があると軽く思って這い上がっていった。30分位登った頃だった。

〝カサカサ、カサカサ〟

と音がした。静寂のなか、自分の息遣いしか聞こえていなかった私は立ち止まった。

〝ガサガサ、ガサガサ〟　〝ガサガサ、ガサガサ〟

と音が近づいてきた。私は身構えて音のする方を見た。なんと鹿が凄い勢いで走ってきて私の3メートル先を通り過ぎた。そして、そのすぐ後、2匹の犬が鹿を追いかけていった。私はしゃがみ込み途方に暮れた。

〝パン、パーン〟

と音が聞こえた。しばらく頭が混乱したが、あれは銃声だと気付いた。もはやここで命を落とすのかと一瞬思った。どうやら狩猟地区に迷い込んでしまったみたいだ。するとまた、

〝ガサガサ、ガサガサ〟と言う音とともにさっきより離れた場所を鹿が横切っていった。こんなにもしなやかに斜面を走る鹿を見るのはおそらく最初で最後のことだと思った。鹿のスピードは圧巻だった。そしてその後を犬が駆け抜けていった。その後も何度か、

〝パン、パーン〟〝パン、パーン〟

と聞こえていたが、私は一目散に下り、車の元へ下りていった。ほとんど滑り降りたといってもおかしくない速さだった。

主人も銃声は聞こえていたようで、まずい場所に来てしまったと、そそくさと帰ることになった。下見とはならなかったが、貴重な体験をした。やはり行き当たりばったりを少し後悔した。そして、人のいる山で練習を重ねた。大山から塔ノ岳コースがお決まりコースとなった。伊勢原の駅をスタートして、大山を登り、ヤビツ峠まで下り、塔ノ岳まで登りきり、大倉まで下山、大倉からバスで渋沢駅に出るという一日コースだ。何度か出かけたが、平日は人が少なく、途中で何かあっても助けてもらえないと不安になり、休日に早朝から登山者に紛れて練習を重ねた。

結果、レースは無事に完走できた。が、内容は酷いものだった。調子にのって30㎞付近までアップダウンを走破したものの、最後の下りに入って間もなく左の膝の裏側に痛みが走った。休憩も取らずに無茶した結果か練習のやりすぎか…最後の10㎞は地獄だった。下りは一歩ずつ、ロードは走っては休みの繰り返し、何とかゴールに辿り着いた。前半飛ばした貯金のお陰で無事完走はできたものの、新調したトレランシューズが足に合っていなかったので足の爪が全部剝がれた。膝に至っては完全に治るのに数年かかった。

2022年に至る

それから何度も五合目コース、山頂コースに挑戦するも山頂まで辿り着く事はなかった。以前は誰でも山頂コースにエントリー出来たのだが、現在は五合目コースを2時間20分で完走した人のみ、山頂コースにエントリーする権利が与えられる。ランニングチームの若手メンバーが次々完走を果たす中、おばさんランナーの私は置いてきぼりだった。

２０２０年、東京オリンピックが延期になった。私が山頂コースにエントリーする権利はあと2回だった。その年は膝の具合が悪く、中止になってくれて助かった。ところが２０２１年のレースに向けて練習していた3月に乳癌が見つかった。もちろんレースどころではない。３か月の抗がん剤治療の効果もあり、３センチ近くあった腫瘍は画像上は消滅した。一刻も早く抗がん剤治療を終了させたい一心で食事を変えたり、良いと言われることを全て実行した。いくら昔に比べ副作用がなくなったとはいえ、しっかり髪の毛は抜けたし、血管の一部も潰れてしまった。これらの恐怖が早く治さなければという気持ちを後押しした。しかし何より心折れずにがん治療に向き合えたのは、〝またレースに出るんだ〟という思いのおかげだった。体力が落ち走れなくなった私に、娘は、

「今は身体を休めろってことだよ」

と言ってくれた。主人も、

「治ればまたチャンスはある」

と励ましてくれた。そして２０２１年、東京オリンピックは開催されたが、またもや富士登山競走は中止となった。私にはまだ2回山頂コースに挑戦できる権利が残った。

９月に放射線治療を終え乳癌は寛解（ほぼ完治）となった。この際だから体力も落ちていることだし、しっかり膝を治そうとリハビリに通い始めた。何度か通ったスポーツ医科学センターで、硬くなった筋をほぐして伸ばす試技を習い半年頑張ったが思うような変化はなかった。年齢的なものなのか、がん治療の後遺症なのか、もはやこれまでなのか自問自答の日々が続き、２０２２年のエントリーは見送った。とても走れる状態にはならなかった。

もう諦めてしまおうか。何年か前にも迷ったことがあった。50代に入った頃だったと思う。その年のレースは悪天候で山頂コースも5合目で打ち切りとなったため、五合目を関門時間に通過すれば山頂コース完走とみなされた。私も完走者となり完走賞の〝富士山Tシャツ〟を頂いた。

「もう富士山諦めようかなあ」

と私が言うと、家族はびっくりして、

「やめちゃうの」

と何とも言えない表情をうかべた。

「諦めるのはいつでもできる」

「ここでやめるのはもったいない」

「まだまだいける」

　等、色々言われ、思い直したことがある。私の富士登山競走への執着が、自分達に向けられると困るという家族の気持ちを垣間見た気がして可笑しかった。

　２０２２年7月に無事にレースは開催された。無意識のうちにレースの記事など遠ざけていた。9月半ば〝65歳女性　富士登山競走　完走〟という記事が目に入った。凄い。ただただ凄いと思った。乳癌治療から1年、体力は戻ってきた。ここで諦めるのはもったいないと思い始めた。まだ来年は山頂コースに挑戦できるんだから…。もう諦めてもしょうがないと思っている家族にちゃんと伝えようと思った。「来年もご協力お願いします」と。

著者プロフィール
おい田 ともこ（おいだ ともこ）
1965年生まれ
神奈川県横浜市在住（横浜育ち）
東京経済大学 経済学部卒
結婚後、専業主婦となり２人の娘を育てる

ゴリンちゃん　修行は続く…

2025年４月15日　初版第１刷発行

著　者　おい田 ともこ
発行者　瓜谷 綱延
発行所　株式会社文芸社
〒160-0022　東京都新宿区新宿１－10－１
電話　03-5369-3060（代表）
03-5369-2299（販売）

印　刷　株式会社文芸社
製本所　株式会社MOTOMURA

ISBN978-4-286-26179-9